笑い猫の
5分《ふん》間《かん》怪《かい》談《だん》

④真《ま》冬《ふゆ》の失《しつ》恋《れん》怪《かい》談《だん》

責任編集・作／那須田 淳　カバー絵／okama
作／緑川聖司　藤木 稟　柏葉幸子
松原秀行　宮下恵茉　はやみねかおる
令丈ヒロ子

The Laughing Cat's 5-minute Spooky Storie

メリークリスマス、人間《にんげん》ども。
きょうは一年《ねん》に一度《ど》のとくべつな日《ひ》だ。
たのしんでるな、さびしさを。
家族《かぞく》も友《とも》だちも恋人《こいびと》もいっしょか？
かみしめてるな、ひとりぼっちを。
そういうきみにはプレゼント。
このサンタのぬいぐるみはどうだ。
ん？　これじゃものたりない？

しかたないな、おまけに百個《こ》。
まだたりないって？
わかってないな、これだけですむわけないだろう。
今夜《こんや》は雪《ゆき》がふりそうだ。
雪《ゆき》がふったら、あたたまるぞ。走《はし》ればな。
さあ、こわくておもしろい、
怪談《かいだん》オニごっこのはじまりだ。

もくじ

「はじめのお話《はなし》」など、笑《わら》い猫《ねこ》が登場《とうじょう》するお話《はなし》は、すべて「作《さく》／那須田《なすだ》 淳《じゅん》」だよ！

この本《ほん》に登場《とうじょう》する猫《ねこ》と人《ひと》

黒井《くろい》アリサ

成績優秀《せいせきゆうしゅう》な小《しょう》4女子《じょし》。
塾《じゅく》に好《す》きな先輩《せんぱい》がいたけど、
ひどいことに…。

笑《わら》い猫《ねこ》

ねこなめ町《ちょう》のあちこちに出《で》るとうわさの
巨大猫《きょだいねこ》。きいてもないのに怪談《かいだん》を語《かた》ってくる。

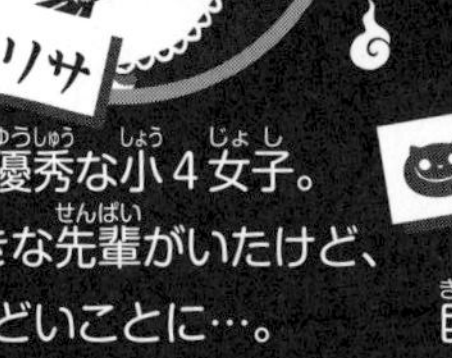

鈴村《すずむら》ミサキ

おちこぼれの5年生《ねんせい》。
前《まえ》にアリサと同《おな》じ塾《じゅく》に通《かよ》って
いた。（③巻《かん》にも登場《とうじょう》）

三池《みいけ》タクト

アリサの同級生《どうきゅうせい》で、ミサキの
いとこ。おちょうしもの。
（①②巻《かん》にも登場《とうじょう》）

湯《ゆ》川《かわ》

タクトの同級生《どうきゅうせい》。ホラー
好《す》き。（②巻《かん》に登場《とうじょう》）

三《み》池《いけ》アミ

あまえんぼの1年生《ねんせい》。
タクトの妹《いもうと》。（①③巻《かん》に登場《とうじょう》）

今《こん》回《かい》はおやすみ

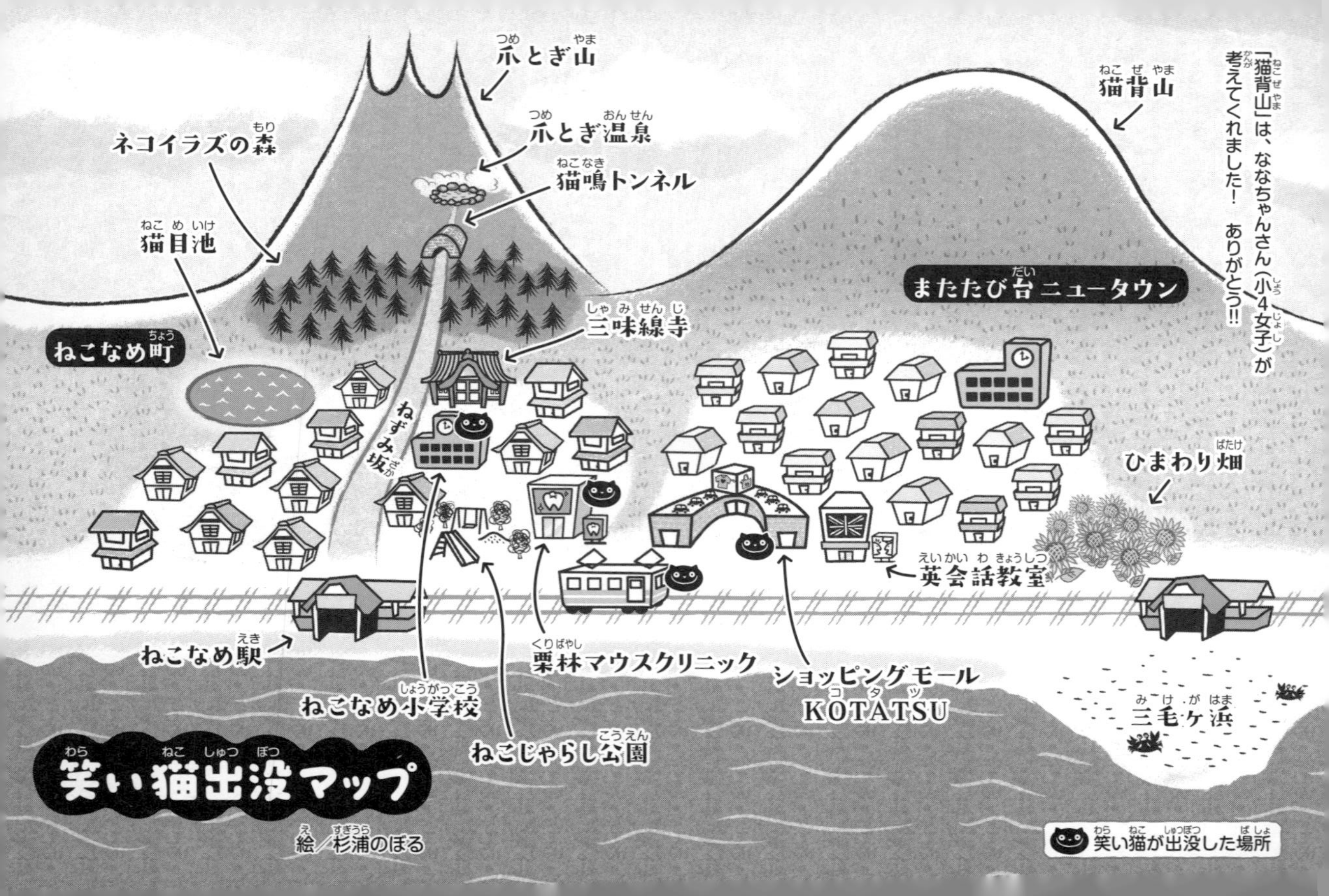

笑《わら》い猫《ねこ》出《しゅつ》没《ぼつ》マップ
絵《え》／杉浦《すぎうら》のぼる
爪《つめ》とぎ山《やま》
爪《つめ》とぎ温泉《おんせん》
猫鳴《ねこなき》トンネル
ネコイラズの森《もり》
猫目池《ねこめいけ》
ねこなめ町《ちょう》
三味線寺《しゃみせんじ》
ねずみ坂《さか》
猫背山《ねこぜやま》
「猫背山《ねこぜやま》」は、ななちゃんさん（小《しょう》4女子《じょし》）が考《かんが》えてくれました！ ありがとう!!
またたび台《だい》ニュータウン
ひまわり畑《ばたけ》
英会話教室《えいかいわきょうしつ》
ねこなめ駅《えき》
栗林《くりばやし》マウスクリニック
ショッピングモール
KOTATSU《コタツ》
ねこなめ小学校《しょうがっこう》
ねこじゃらし公園《こうえん》
三毛ケ浜《みけがはま》
笑《わら》い猫《ねこ》が出没《しゅつぼつ》した場所《ばしょ》

はじめのお話《はなし》

ねこなめ町《ちょう》には「笑《わら》い猫《ねこ》」のうわさがある。

満月《まんげつ》の夜《よる》の、深夜《しんや》0時《じ》に出《で》るそうよ。

でもほんとは、時間《じかん》なんて関係《かんけい》ないみたい。

満月《まんげつ》どころか、お日《ひ》さまがのぼってても、のこのこ平気《へいき》で出《で》てくるらしい。

それもきまって、猫《ねこ》にまつわる名前《なまえ》の場所《ばしょ》に。

まったく、でたらめすぎる猫《ねこ》でしょ。

電車《でんしゃ》に化《ば》けて乗《の》ってきた人《ひと》をまるごと飲《の》みこんだり、歯医者《はいしゃ》さんになってききたくもない怪談《かいだん》をいやっていうほどきかせたり。

そのうえ、うかんでは消《き》えて、にやにや笑《わら》うんですって。

子《こ》どもっぽいうわさ……ほんとバカまるだし。

うちのクラスの三池《みいけ》タクトがそんなウソをついてたわ。

四年生《ねんせい》にもなってどうしようもないやつね。

でも、まあそんな猫《ねこ》がいるなら、出《で》てきてほしい。

それで…町《まち》じゅうめちゃくちゃにして、きょうあったことをぜんぶなかったことにしてほしい！

……ってなにムチャいってるの、わたしったら。

だいいちここは、またたび台《だい》ニュータウン。ねこなめ町《ちょう》じゃないのに。

ふう……はーあ。

英会話教室《えいかいわきょうしつ》の帰《かえ》り道《みち》だった。

わたしはのろのろとショッピングモールKOTATSU《コタツ》の時計広場《とけいひろば》を歩《ある》いていた。

きょうはクリスマスイブ。お店《みせ》はどこもぴかぴかにかざりつけられている。たのしげな音楽《おんがく》に、なかよく歩《ある》くカップル……カップル……カップル、カップルってどんだけカップルがいるの！

それなのに……

ああ、もうわたしの人生《じんせい》おわった……

失恋《しつれん》したんだ、きょう。それも、とんでもないフラれかたで。

きっかけは、英会話教室《えいかいわきょうしつ》にまちがったノートをもってきたこと。

いつもどおり、授業《じゅぎょう》がはじまる前《まえ》に、参考書《さんこうしょ》とノートをつくえに出《だ》して、お手洗《てあら》いに行《い》ったの。

もどってきたら、わたしの席《せき》のまわりに人《ひと》だかりができていた。

——おー、黒井《くろい》アリサ大先生《だいせんせい》が帰《かえ》ってきたぞー。

男子《だんし》のひとりがにやにや笑《わら》いながら、緑色《みどりいろ》のノートをふってみせた。

『Love《ラブ》 Forever《フォーエバー》 ～この愛《あい》をわすれない⑭～』と表紙《ひょうし》に書《か》かれたわたしの小説《しょうせつ》ノートだ。

――すごいな、これ。主人公《しゅじんこう》も黒井《くろい》アリサで、作者《さくしゃ》も黒井《くろい》アリサ。

――⑭巻《かん》もあるのか。①巻《かん》から読《よ》ませてくれよ。

――さすが英語《えいご》がとくいな黒井《くろい》だな。ラブ・フォーエバーって！

どっと笑《わら》いがおきた。

――この、主人公《しゅじんこう》のおさななじみで生《い》き別《わか》れの兄《あに》で運命《うんめい》の人《ひと》・小山田陸《おやまだりく》って、まさかあの小山田《おやまだ》さんのことか？

顔《かお》から火《ひ》がでそうだった。顔《かお》どころか耳《みみ》まであつくなってきた。

わたしは、はずかしさとくやしさでわなわなとふるえた。

四年生《ねんせい》なのに飛《と》び級《きゅう》で高学年《こうがくねん》クラスに入《はい》ったくらい成績《せいせき》もよくて、だれから

もバカにされたことなんてなかったのに。

——あ、小山田《おやまだ》さん、ちょうどよかった。黒井《くろい》が小山田《おやまだ》さんのことが好《す》きだって！

教室《きょうしつ》の前《まえ》を通《とお》りかかった中《ちゅう》一の小山田《おやまだ》陸《りく》さんがびっくりした顔《かお》で、えー？　ときかえした。

わたしのノートをみせられて、小山田《おやまだ》さんは苦笑《にがわら》いしながら頭《あたま》をかく。

——ごめん。おれ、好《す》きな子《こ》いるんだ。

えええっ!?

ショックでたおれそう！　そこへ、と

なりの男子《だんし》がおいうちをかける。

——小山田《おやまだ》さん、鈴村《すずむら》ミサキが好《す》きなんだよ。

えええええっっ!!


大好《だいす》きな小山田《おやまだ》さん……わたしの小説《しょうせつ》を読《よ》んで、どう思《おも》ったのかしら……はじめて会《あ》ったときからずっとあこがれてたのに……

ラブ・フォーエバー⑭巻《かん》……英会話教室《えいかいわきょうしつ》で使《つか》ってるのと同《おな》じ色《いろ》のノートにしたのが失敗《しっぱい》だった……

鈴村《すずむら》ミサキ……どこがいいの、あんなの……わたしよりひとつ上《うえ》の五年生《ねんせい》のくせに塾《じゅく》でいちばんおバカで、いつのまにかやめちゃった子《こ》……

きょうのできごとが頭《あたま》のなかをぐわんぐわんまわる。

ぐわんぐわんぐわんぐわん。

ああああ！　ぜんぶわすれたい！

ついさっきまで笑《わら》い猫《ねこ》の話《はなし》でわすれようとしてたのに、すっかり思《おも》いだしちゃったじゃない！

あ〜〜！　いやだ!!

あ〜〜！　ふゆかい!!

「こんな町《まち》、笑《わら》い猫《ねこ》に占領《せんりょう》されちゃって、わたしもあの子《こ》もみんなまとめてひどいめにあえばいいいんだわっ！」

顔《かお》をあげて、おもいっきりさけんだ。

「おい、なにさわいでんだ、黒井《くろい》？」

ききおぼえのある声《こえ》がしてふりかえる。

そこには、同《おな》じクラスの三池《みいけ》タクトがへらへら笑《わら》って立《た》っていた。

しかも、タクトのとなりで、あの鈴村《すずむら》ミサキが手《て》をふっている！

そういえば、このふたり、いとこ同《どう》士《し》だったわ！

「なんのこと？」

耳《みみ》もとの髪《かみ》をさっとはらう。

「え？　いま、めちゃくちゃぶっそうなこと大声《おおごえ》でいってたじゃん」

三池《みいけ》タクトがアホづらできさかえす。

「**は？**　だから、なんのことよ？」

どこまでおバカなの！　空気《くうき》をよみなさい!!

「黒井《くろい》アリサちゃんだよね？　あたし、英会話教室《えいかいわきょうしつ》でいっしょだったミサキだよ。おぼえてる？」

いわれなくても知《し》ってるわ！　あなたも空気《くうき》をよみなさい!!

なにもいわずにくるりと背《せ》をむけ、歩《ある》きだそうとすると、鈴村《すずむら》ミサキが両手《りょうて》でわたしのうでをガシッとつかんだ。

「アリサちゃん、いっしょーのおねがい!!　これからつきあってくれないかな」

「な、なに！　ちょっとやめてくれませんか！」

「ごめんね、限定《げんてい》消《け》しゴム買《か》いたいんだけど、ひとり二個《こ》までなんだよね」

「はあ？」

「アリサちゃんがいてくれたら、あたしたち三人《にん》で六《むっ》つ買《か》えるの。おねがい!!」

なんでわたしが……

「ミサキちゃん、あしたのクリスマスに、消《け》しゴムで好《す》きな人《ひと》に手作《てづく》りプレゼントをあげたいんだって」

三池《みいけ》タクトが鼻《はな》をほじりながらいった。

好《す》きな人《ひと》に手作《てづく》りプレゼント！

ムカムカとまっ黒《くろ》い気持《きも》ちがこみあげてきた。

わたしいかない！　といいかけて、ミサキの『六《むっ》つ』という言葉《ことば》にふいにひっかかる。

六《むっ》つ…？　六《むっ》つも消《け》しゴムを買《か》って、いったいなにを作《つく》るつもりなの。

それに、この子《こ》の好《す》きな人《ひと》ってだれだろう……。

ていうか、小山田《おやまだ》さんだったらどうしよう！

そっちもすごく気《き》になる!!

「……しょうがないわね。じゃあつきあってあげる」

「ほんと？　ありがとー！」

ミサキは声《こえ》をはずませると、エスカレーターをかけあがっていく。

「うちさー、きょうクリスマスパーティーなんだよねー。予約《よやく》してたケーキをうけとってきたとこなんだけどさー――」

タクトが、ケーキの箱《はこ》をもちあげてみせた。

「ところで、鈴村《すずむら》ミサキの好《す》きな人《ひと》ってだれ？　あなた知《し》ってる？」

わたしは興味《きょうみ》のないふりをして、さりげなくたずねた。

「――そしたらミサキちゃんがプレゼント買《か》うのわすれてたっていいだしてさー、ついてきちゃったんだよ。おっちょこちょいすぎっしょ」

人《ひと》の話《はなし》をききなさい！　三池《みいけ》タクト！

もう二階《かい》についたところだった。

エスカレーターわきのワゴンの前《まえ》で、鈴村《すずむら》ミサキが山《やま》とつまれたサンタすがたのネコのぬいぐるみを手《て》にとっている。

「これもいっしょにプレゼントしちゃおっかな。メリークリスマスってしゃべるぬいぐるみなんだって」

ダッサ！　ダッサいぬいぐるみ！

やすっぽい！

小山田《おやまだ》さんは、ぜったいこんなの好《す》きじゃないわ！

「カレ、ネコが好《す》きなの」

うそでしょ！　そんなのぜんぜん知《し》らなかった!!

……いいえ、おちつくのよ、わたし。

まだ鈴村《すずむら》ミサキが、小山田《おやまだ》さんを好《す》きと決《き》まったわけじゃないんだから。

ミサキにふりまわされてゼーハーいってるわたしのとなりで、三池《みいけ》タクトが、

「あれ？　これだけガラがピンクだぞ」

と、ネコのぬいぐるみを手《て》にとり、**ひゃあっ！**とかんだかい声《こえ》をあげた。

「なに!?　きもちわるいわね！」

「な、なんでもない。あ、これもってて」

タクトはミサキにケーキを、わたしにぬいぐるみをひょいとあずけて、

「ぼく、トイレ。もれそう」

などといいながら、やけにぎくしゃくと、むこうに歩《ある》いていった。

「まったく下品《げひん》ね。ちゃんと手《て》を洗《あら》ってくるかしら」

わたしはまゆをひそめ、三池《みいけ》タクトがよこした
ぬいぐるみをかかげて見《み》る。

なんだかへんなぬいぐるみね。

このなかでも、ひときわダサい。

モフモフしていて顔《かお》がでかくて口《くち》もでかい。

それに**ピンクのネコ**なんておかしいわ。

そう思《おも》ったとき、サンタのかっこうをした

猫《ねこ》がにやっと笑《わら》った。

「メリークリスマス、ラブ・フォーエバー」

ドキッとして、ぬいぐるみをぽいっとほうりなげた。

そのとき、いままでながれていた楽《たの》しげなクリスマスソングが、とつぜんぐにゃりとゆがんだ気《き》がした。

ピンクの毛《け》なみの笑《わら》い猫《ねこ》は　みんなのあこがれ人気者《にんきもの》
きこえてくるぞゴロゴロと　ジングルベルの猫《ねこ》ののど
あしたはひとりクリスマス　さびしい君《きみ》にプレゼント
いつもの百倍《ばい》おもしろい怪談《かいだん》を　笑《わら》い猫《ねこ》フォーエバー

「いやあああああ！」

どこからかきこえてきたブキミな歌《うた》に、鈴村《すずむら》ミサキが両耳《りょうみみ》をおさえてその場《ば》にしゃがみこむ。

「笑《わら》い猫《ねこ》がでた！　ヤバい！　おわった!!」

「なにバカいってるの。それは三池《みいけ》タクトのウソ話《ばなし》でしょ」

「ウソじゃないの！　だってあたしも会《あ》ったことがあるんだもん!!」

鈴村《すずむら》ミサキがゆびさしたほうをみて、わたしは、あっと声《こえ》をあげた。

さっきのサンタ猫《ねこ》のぬいぐるみが、むくりと立《た》ちあがったからだ。

こちらにむかってとことこと歩《ある》いてくると、目《め》の前《まえ》でぴょんととびあがる。

おもわずキャッチするわたし。

「メリークリスマス、ラブ・フォーエバー」

うっ、またいった、ラブ・フォーエバーって！

なにこのオモチャ！　なんでこんなにわたしの傷《きず》をグサグサえぐるの!?

「うるさいわね、こいつ！　こわれてんじゃないかしら」

「こわれてるのは、おまえのほうだ、ラブ・フォーエバー」

サンタ猫《ねこ》はゆっくりと顔《かお》をこちらにあげた。

ムッカ〜！

しつこい!!

わたしはぬいぐるみを、だまらせようとぶんぶんふってみた。

ミサキがのけぞるようにして、

「ヒエ〜〜ッ」

と、かぼそい声《こえ》をあげる。

「だからなによ、さっきから」

「あ、アリサちゃん、そ、それは……やめたほうがいいと思《おも》う、うん」

みょうに力強《ちからづよ》くうなずくミサキによけいムカついて、わたしはぬいぐるみをもっとらんぼうにふりまわす。

「ぎゃふぎゃふぎゃふぎゃっ」

サンタ猫《ねこ》はずらりとならんだギザギザの歯《は》をガチガチといわせた。

「ヒエ〜ッ、よろこんでる！　笑《わら》い猫《ねこ》の笑《わら》い声《ごえ》、はじめてきいた!!」

鈴村《すずむら》ミサキがかぼそい声《こえ》でまたわけのわからないことをいう。

「もっと！　もっとだ！　もっとふれ、フォーエバー!!!」

ぬいぐるみの猫《ねこ》がきゅうに顔《かお》を近《ちか》づけてきて、口《くち》をパカッと大《おお》きくあけた。

「ぎゃふ！」

鼻《はな》さきでギザギザの歯《は》がガチンとかみあった。

な、なにいまの？　もしかしてわたしのこと、かもうとした？

やっと気《き》がついた、おかしなことに。

これがうわさの笑《わら》い猫《ねこ》なんだ！

とたんに冷《ひ》や汗《あせ》がどっとふきだしてくる。

いそいでワゴンに笑《わら》い猫《ねこ》をもどすと、ミサキがわたしの手《て》をぎゅっとにぎってささやいた。

「笑《わら》い猫《ねこ》のきげんがいいうちに、このままそーっと立《た》ちさろう」

わたしとミサキは、ゆっくりあとずさろうとした。

「オニごっこか。まてまていそぐな」

笑《わら》い猫《ねこ》がにやっと笑《わら》い、むくむくとからだをふくれあがらせた。

「たのしい怪談《かいだん》オニごっこをはじめるとするか。こわくておもしろい話《はなし》をたっぷりきかせてやろう」

するとワゴンのなかのぬいぐるみたちが、くるりくるりと回転《かいてん》しはじめた。

オセロの色《いろ》がパタパタかわるようにサンタ猫《ねこ》がサンタ笑《わら》い猫《ねこ》に変身《へんしん》していく。

「一対《たい》二じゃ不公平《ふこうへい》だ。百対《たい》二がちょうどいい」

百対《たい》二のどこが公平《こうへい》なのよ！

ずるい！　そんなのずるいわ！

百匹《ぴき》の笑《わら》い猫《ねこ》が、いっせいにぴょんぴょんとワゴンからとびおりてきた。

「わああ！　アリサちゃん、にげよう！」

ミサキにせかされて、わたしはあわてて走《はし》りだす。

「さあにげろ、どこまでも。この足音《あしおと》の怪談《かいだん》を語《かた》りおえたら、百匹《ぴき》のおれが君《きみ》たちを追《お》いかけるぞ」

うしろで笑《わら》い猫《ねこ》のたのしげな声《こえ》がひびいた。

1分《ぶん》間《かん》怪《かい》談《だん》

足音《あしおと》

緑川聖司《みどりかわせいじ》
絵《え》／藤田《ふじた》香《かおり》

晩《ばん》ごはんを食《た》べおえると、わたしは二階《かい》の自分《じぶん》の部屋《へや》で、つくえにむかった。

トン、トン、トン……

宿題《しゅくだい》をはじめてしばらくすると、階段《かいだん》をのぼる音《おと》がきこえてきた。

二階《かい》には部屋《へや》がふたつあって、あがって左《ひだり》がわたしの部屋《へや》で、右《みぎ》がおねえちゃんの部屋《へや》なんだけど、おねえちゃんはクラブの合宿《がっしゅく》で、今日《きょう》は帰《かえ》ってこない。

（おかあさんが、おやつでも持《も》ってきてくれたのかな）

そう思《おも》っていると、足音《あしおと》は階段《かいだん》をのぼりきって、部屋《へや》の前《まえ》でとまった。

だけど、ノックの音《おと》もしなければ、ドアがひらくようすもない。

どうしたんだろう、とわたしがえんぴつを置《お》いてふりかえったとき、

トン、トン、トン……

また、だれかが階段《かいだん》をのぼる足音《あしおと》がきこえてきた。

「え？」

音《おと》はそのまま二階《かい》まであがってきて、ドアをコンコンとノックした。

「はーい」

返事《へんじ》をすると、おかあさんがお盆《ぼん》にお茶《ちゃ》とお菓子《かし》をのせて入《はい》ってきた。

「どうしたの？　そんなにびっくりした顔《かお》して」

「だって……」

わたしが、階段《かいだん》をのぼる足音《あしおと》が、二回《かい》きこえたことを話《はな》すと、

「そんなわけないでしょ。いま、うちにいるのはあなたとおかあさんだけなんだから」

おかあさんは笑《わら》って部屋《へや》を出《で》ていった。ドアごしに、階段《かいだん》をおりる足音《あしおと》がきこ

えてくる。

気《き》のせいだったのかな、と首《くび》をかしげていると、
コン、コン、コン
ノックの音《おと》がして、わたしはとびあがった。

おかあさんはいま階段《かいだん》をおりていったばかりなのに……。

「……だれ？」

わたしがおそるおそる声《こえ》をかけると、

「わたしよ。おかあさんよ」

おかあさんとは全然《ぜんぜん》ちがう、ひびわれたような声《こえ》がきこえてきた。

「ねえ、どうしたの？　早《はや》くあけて」

さっきよりも強《つよ》く、ドアをたたく音《おと》がする。

「あなたはおかあさんじゃない！」

わたしがはっきりいうと、ドアのむこうは一瞬《いっしゅん》しずかになって、それからひくい、地《ち》の底《そこ》からひびいてくるような声《こえ》でいった。

「**ばれたか**」

翌日《よくじつ》、合宿《がっしゅく》から帰《かえ》ってきたおねえちゃんにきくと、

「あんたもきいたの？」

あっさりそういわれた。おねえちゃんも、この家《いえ》に引《ひ》っこしてきてすぐのときに、きいたことがあるらしい。

しかも、そのとき、おかあさんと思《おも》ってドアをあけてしまったというのだ。

「なにをみたの？」

わたしがきくと、おねえちゃんはそのときのことを思《おも》いだしたのか、ブルッと体《からだ》をふるわせた。そして、いくらきいても、青《あお》い顔《かお》をして答《こた》えてくれなかった。

そこらじゅうにひびいていた笑《わら》い猫《ねこ》の声《こえ》がとぎれた。
足音《あしおと》の怪談《かいだん》を話《はな》しおえたみたいだった。
こわっ！　なにこの話《はなし》、こわすぎる!!
こんなにガチな怪談《かいだん》をきかされちゃうわけ!?
でも、わたしも鈴村《すずむら》ミサキもいまはこわがっているひまなんてない。
さっきから走《はし》りつづけて、ようやく一階《かい》の正面玄関《しょうめんげんかん》にたどりついたところだ。
「こっち、こっち」
ふたりで息《いき》を切《き》らしながら、せえの、と、回転《かいてん》ドアをおす。
けれども、ドアはびくともしない。

あせって、バンバン、ガラスをたたくわたし。

「たすけて！」

とおりにはだれも歩《ある》いていなかった。

それどころか、このショッピングモールＫＯＴＡＴＳＵ《コタツ》には人《ひと》っ子《こ》ひとりいない。お客《きゃく》も店員《てんいん》もいつのまにか消《き》えていたのだ。

回転《かいてん》ドアのむこうでは、屋外《おくがい》の中央広場《ちゅうおうひろば》にかざられた巨大《きょだい》なクリスマスツリーが、ライトをピカピカ点滅《てんめつ》させているだけ。

パタパタパタパタ……

ふいにうしろから足音《あしおと》がきこえてきた。

「きた！」

「外《そと》へはにげられない！　はやくどこかにかくれましょう！」

わたしがあたりに目《め》をやると、カーテンでしきられた洋服屋《ようふくや》さんの試着室《しちゃくしつ》がみえた。

あそこだ！

と、そのとき笑《わら》い猫《ねこ》の声《こえ》がぐわあんとまたひびいた。

「かくれるところをみつけても、なかにだれかいないかたしかめたほうがいいぞ。先客《せんきゃく》がいることがあるからな」

5分《ふん》間《かん》怪《かい》談《だん》

おしいれに住《す》むおばあさん

藤木《ふじき》稟《りん》
絵《え》／patty《パティ》

お父《とう》さんが転勤《てんきん》になり、里美《さとみ》は東京《とうきょう》から田舎《いなか》へと引《ひ》っこしてきた。

里美《さとみ》の生活《せいかつ》でいちばんかわったのは、なんといっても家《いえ》だった。

東京《とうきょう》ではマンションに住《す》んでいた里美《さとみ》の家族《かぞく》は、庭《にわ》のある一軒家《いっけんや》が安《やす》く貸《か》しだされていたので、そこに住《す》むことになったのだ。

「わぁ、こんなに庭《にわ》があって素敵《すてき》だわ。これなら思《おも》うぞんぶん家庭菜園《かていさいえん》だってできちゃうわね」

植物《しょくぶつ》や花《はな》が大好《だいす》きなお母《かあ》さんはそういったが、里美《さとみ》はちょっとその家《いえ》がこわかった。

古《ふる》い家《いえ》で、見《み》なれない土壁《つちかべ》や、せまい納戸《なんど》などがあって、それに引《ひ》っこしてきた当日《とうじつ》には、大《おお》きなクモが出《で》てきたりしたからだ。

東京《とうきょう》のすっきりとしたマンションとはちがう、なんだか得体《えたい》の知《し》れない空間《くうかん》が、その家《いえ》にはあちこちにあった。

それにお父《とう》さんがこんなことをいったのだ。

「これだけ家《いえ》がひろければ、里美《さとみ》にも勉強部屋《べんきょうべや》ができるね。里美《さとみ》の部屋《へや》は二階《かい》の窓《まど》のひろい部屋《へや》にしよう」

その部屋《へや》はひろくて、大《おお》きな窓《まど》があり、窓《まど》の外《そと》には木々《きぎ》と海《うみ》がみえていた。

たしかにとても気持《きも》ちがいい。でもリビングや、お父《とう》さんとお母《かあ》さんの部屋《へや》とはなれていて、里美《さとみ》はさびしい気《き》がした。けれども、そんなふうにいうのは子《こ》どもっぽいかなと思《おも》ったので、ただ、うんとうなずくだけだった。

里美《さとみ》のベッドや勉強《べんきょう》づくえが部屋《へや》のなかに運《はこ》びこまれた。

はじめてできた、自分《じぶん》の部屋《へや》。

だけどそこには、ひとつだけ気《き》になる場所《ばしょ》があった。

古《ふる》いふすまで仕切《しき》られたおしいれだ。そっとふすまを開《あ》けてのぞいてみると、暗《くら》くてがらんとしていて、なんだかきもちがわるかった。

翌日《よくじつ》、里美《さとみ》は転校先《てんこうさき》の学校《がっこう》へ登校《とうこう》した。

自己紹介《じこしょうかい》が終《お》わって、席《せき》につき、ふつうに勉強《べんきょう》して休《やす》み時間《じかん》になる。

すると、転校生《てんこうせい》がめずらしいのだろう。同級生《どうきゅうせい》たちが里美《さとみ》の席《せき》に、あつまってきた。

「東京《とうきょう》からきたんだって？」

「ねえねえ、東京《とうきょう》の学校《がっこう》ってここよりずっと大《おお》きいんでしょう？」

同級生《どうきゅうせい》たちの興味《きょうみ》しんしんな質問《しつもん》に、里美《さとみ》は一生懸命《いっしょうけんめい》笑顔《えがお》で答《こた》えた。

そのとき、だれかがふと里美《さとみ》にたずねた。

「どこに住《す》んでるの？」

「ええと……病院《びょういん》の近《ちか》くの一軒家《いっけんや》。庭《にわ》がひろくて大《おお》きな松《まつ》の木《き》がある家《いえ》なんだ」

そう答《こた》えると、一瞬《いっしゅん》、みんながだまりこんだ。

「それって、もしかしてずっと空《あ》き家《や》だったあの家《いえ》かな……」

「ちょっとへんなうわさがある家《いえ》だよね」

里美《さとみ》はどきっとした。

「なになに、へんなうわさって？」

「ただのうわさだから気《き》にすることないよ」

そういってくれる子《こ》も、なにか気《き》まずそうだ。

「おねがいきかせて。私《わたし》、じつはちょっとあの家《いえ》、こわいんだ」

里美《さとみ》がそういうと、みんなは顔《かお》を見《み》あわせた。

「だれかからきいたことがあるんだけれど、あの家《いえ》のおしいれには、**小《ちい》さなおばあさん**が住《す》んでるんだって」

「小《ちい》さなおばあさん？」

「うん、前《まえ》に住《す》んでいた人《ひと》は、二階《かい》の部屋《へや》のおしいれに小《ちい》さなおばあさんが出《で》たり入《はい》ったりしてるって、気味《きみ》わるがって引《ひ》っこししたんだ」

「本当《ほんとう》に？」

「まぁ、よくあるおばけ屋敷《やしき》みたいなあつかいなんだよね、あの家《いえ》って」

それをきいて里美《さとみ》は、暗《くら》い気持《きも》ちになった。

二階《かい》のおしいれのある部屋《へや》って、私《わたし》の部屋《へや》なんじゃないの？

そう思《おも》うと、どんどんこわくなってくる。

それから里美《さとみ》は家《いえ》にもどり、勇気《ゆうき》を出《だ》して、そうっとおしいれを開《あ》けてみた。

やっぱり、がらんとしてなにもない。

「そうだよね。こんなところに、おばあさんが住《す》んでるはずないもの」

そう必死《ひっし》に思《おも》いこもうとしたけれど、毎日毎日《まいにちまいにち》、おしいれのなかが気《き》になってしかたがなかった。

そうして数週間《すうしゅうかん》たったある夜《よる》のことだった。

夜中《よなか》にぱたんと音《おと》がしたので、里美《さとみ》はびくりと目《め》をさました。

おしいれが半開《はんびら》きになっていて、

そこからシワだらけの手《て》がのぞいている。

しかもその手《て》はネズミをつかんでいて、

さっとおしいれのなかにひっこむと同時《どうじ》に、

ふすまがぴしゃりと閉《し》まった。

それから、なにかを食《た》べるような、

ぺちゃぺちゃとした音《おと》がきこえてきたのだ。

里美《さとみ》は思《おも》わず悲鳴《ひめい》を上《あ》げて、お父《とう》さんとお母《かあ》さんの寝室《しんしつ》にかけこんだ。

「助《たす》けて、おばけが出《で》たの！」

そういってとびこんできた里美《さとみ》に、ふたりは、おどろいた顔《かお》でベッドから起《お》きあがった。

「おばけだって？」

「うん、おしいれのなかに、おばあさんが住《す》んでるの」

里美《さとみ》が学校《がっこう》できいた話《はなし》をすると、お父《とう》さんとお母《かあ》さんはこまった顔《かお》をした。

「よし、じゃあ本当《ほんとう》におばけがいるか、ふたりでみてみよう」

里美《さとみ》とお父《とう》さんはいっしょに、里美《さとみ》の部屋《へや》へ行《い》った。

お父《とう》さんがガラリとおしいれを開《あ》ける。やっぱりそこには、がらんとした空《くう》間《かん》があるだけだった。

「ほら、なにもいないだろう？　里美《さとみ》はこわい話《はなし》をきいたから、寝《ね》ぼけてそんな夢《ゆめ》をみたんだよ」

お父《とう》さんが里美《さとみ》の頭《あたま》をなでながらいった。

「そっ、そうかなぁ……」

そういわれると、里美《さとみ》も本当《ほんとう》にみたのか、夢《ゆめ》だったのか自信《じしん》が無《な》くなってきた。

「こわかったら、お父《とう》さんがいっしょに寝《ね》てあげるよ」

その夜《よる》から、里美《さとみ》はしばらくお父《とう》さんとねむることにした。

それから数日《すうじつ》はなにもなかった。毎日《まいにち》、一回《かい》はおしいれを開《あ》けるのが里美《さとみ》の日課《にっか》になったけれど、おしいれはいつも空《から》っぽのままだった。

(やっぱり、私《わたし》がこわがりすぎたのかな……)

里美《さとみ》は少《すこ》しずつおしいれに慣《な》れていった。

そうして、すっかりおしいれのことも気《き》にならなくなっていた、ある日《ひ》のことだった。

お父《とう》さんとお母《かあ》さんが、大人《おとな》のあつまりがあって出《で》かけるというので、里美《さとみ》は夕食《ゆうしょく》をひとりで食《た》べることになったのだ。

「9時《じ》ごろには帰《かえ》ってくるから、ちゃんとお留守番《るすばん》しててね」

お父《とう》さんとお母《かあ》さんは、笑顔《えがお》で出《で》かけていった。

夕食《ゆうしょく》をとり、部屋《へや》にもどった里美《さとみ》は、ひとりぼっちのさびしさから、ひさしぶりにおしいれに目《め》をやった。

「なにもいないよね……」

わすれていた話《はなし》を思《おも》いだす。

でも、こんなときは、勇気《ゆうき》を出《だ》しておしいれを開《あ》けてしまえば、ほっとするのだ。

里美《さとみ》はおもいきって、おしいれのふすまをガラリと開《あ》けた。

ところがいたのだ……。

まっ白《しろ》な着物姿《きものすがた》のシワだらけのおばあさんが、おしいれを開《あ》けた里美《さとみ》の目《め》の前《まえ》にすわっていたのだ。

しかも口《くち》からは**血《ち》をたらしたネズミ**が半分《はんぶん》のぞいている。

目《め》が合《あ》ったとたん、おばあさんはニヤリと笑《わら》った。

里美《さとみ》はこわさとおどろきのあまり、声《こえ》も出《だ》せずにすわりこんでしまった。

おばあさんは、ごくりとネズミを飲《の》みこんで、しゃがれた声《こえ》でいった。

「やれやれ、みつかってしまったようだねえ」

それから、そっとおしいれから出《で》てきた。

「そんなにおどろかないでおくれ。私《わたし》は五百年《ねん》も前《まえ》からここに住《す》んでるものだよ」

「ご……五百年《ねん》」

「そうさ。ここでネズミをとってくらしているんだ。あんたたちには害《がい》はないよ」

そうはいわれても、こわくて里美《さとみ》の顔《かお》は引《ひ》きつった。

「おや、そうか。このすがただとこわいんだね。ついついね、このすがたになってしまうんだよ。本当《ほんとう》のすがたはこれさ」

すると、おばあさんはまっ白《しろ》な毛足《けあし》の長《なが》い狐《きつね》になったのだ。

「これでも私《わたし》は神様《かみさま》なんだよ。もうずっとむかし、ここには小《ちい》さな稲荷《いなり》の祠《ほこら》があってね。村人《むらびと》たちはいつも油《あぶら》あげをそなえてくれていたものさ。その祠《ほこら》の主《ぬし》がこの私《わたし》さ。このすがたなら、ネズミを食《た》べていてもこわくないだろう？」

たしかにその狐《きつね》は、まっ白《しろ》くてふわふわの綿《わた》あめのようでかわいかった。

里美《さとみ》は少《すこ》しほうっとして、力《ちから》をぬいた。

「でっ……でもどうして五百年《ねん》もここに？」

里美《さとみ》がおずおずときくと、狐《きつね》はふわりとあくびをした。

「神様《かみさま》の習性《しゅうせい》なんだろうね。神様《かみさま》は自分《じぶん》がまつられていた場《ば》所《しょ》に住《す》みつくんだよ。私《わたし》のことはだれにもいわないでおくれ。いまどきの人間《にんげん》は神《かみ》も仏《ほとけ》も信《しん》じないのに、妖怪《ようかい》とか幽霊《ゆうれい》だとかだけは信《しん》じるんだ。そう思《おも》われて大騒動《おおそうどう》になると私《わたし》もいづらくてこまるからね」

狐《きつね》は里美《さとみ》をみてウインクした。

ちょっとこわいけど、なんだかおもしろそう……。

「ああ、そうそう。私《わたし》は油《あぶら》あげが大好物《だいこうぶつ》なんだよ。もしよければ、おじょうちゃんが油《あぶら》あげをときどきくれるとうれしいね。ネズミばかりで食《た》べあきてしまってね」

「油《あぶら》あげくらい、おこづかいから買《か》えると思《おも》うけれど、本当《ほんとう》に神様《かみさま》だっていう証拠《しょうこ》をみせて」

狐《きつね》はこくりとうなずいた。

「じゃあ、おじょうちゃんがずっとみたいと思《おも》っていたものをみせてあげるよ」

狐《きつね》は、尻尾《しっぽ》をゆらゆらとゆすった。

すると家《いえ》のなかいっぱいに、虹《にじ》があらわれたのだ。

それはそれはきらきら光《ひか》っていて美《うつく》しかった。

里美《さとみ》は狐《きつね》のいうようにみたことのない虹《にじ》というものを、一度《いちど》、みてみたいなと思《おも》っていたのだ。
　こんなふうにして里美《さとみ》は、夜中《よなか》にこっそりとおしいれを開《あ》け、狐《きつね》にふしぎな話《はなし》をしてもらったり、そっと油《あぶら》あげをそなえたりするのを楽《たの》しむようになった。
　里美《さとみ》の場合《ばあい》は、神様《かみさま》でよかったけれど、おしいれには注意《ちゅうい》が必要《ひつよう》だ。
　なにか人間《にんげん》でないものが住《す》みついているかもしれない。

またたび台《だい》 ニュータウンのうわさ 1

ねこじゃらし公園《こうえん》の水道《すいどう》は、蛇口《じゃぐち》が針金《はりがね》で固定《こてい》されている。ひねると血《ち》が出《で》てくるから、というううわさだけど、本当《ほんとう》は、ひねると蛇口《じゃぐち》から「たすけて」という声《こえ》がきこえてくるから。

作《さく》／緑川聖司《みどりかわせいじ》　絵《え》／もけお

「ねこじゃらし公園《こうえん》」の名前《なまえ》を考《かんが》えてくれた、ワサビさん(小《しょう》6女子《じょし》)、ありがとう!

5分《ふん》間《かん》怪《かい》談《だん》

くまこ

柏葉《かしわば》幸子《さちこ》
絵《え》／patty《パティ》

「くまこ」

とクラスの男《おとこ》の子《こ》たちが、かげでわたしをよんでいることに気《き》がついた。

どうして「くまこ」なんてよばれるのかわからない。

わたしは、熊《くま》っぽくなんかない。

どちらかといえばやせている。

手足《てあし》だって長《なが》いほうだし、顔《かお》だってタヌキ顔《がお》キツネ顔《がお》にわけたら、あごのとがったキツネ顔《がお》の部類《ぶるい》だとおもう。

おかあさんが、寝不足《ねぶそく》で目《め》の下《した》がくろずんだりすると「くま」ができたっていうことがある。そんなものができてるのかと鏡《かがみ》をみても、わたしの顔《かお》にくろずんだところなんてない。

でも、このごろ、わたしをまじまじみる人《ひと》がいる。

通《とお》りすがりの人《ひと》だって、

「あっ」

と声《こえ》をあげて、目《め》をぱちぱちさせる。そして、なにごともなかったような顔《かお》で通《とお》りすぎていく。

最初《さいしょ》は、わたしがかわいいからかな、なんておもった。

でも、自分《じぶん》でも、そんなにかわいいほうじゃないことは知《し》ってる。どこにでもいるふつうの女《おんな》の子《こ》だ。

クラスの子《こ》なんて、しょっちゅう、はじめてみるみたいな顔《かお》でわたしをみてくる。ほかのクラスの子《こ》にもそんな子《こ》がいる。廊下《ろうか》ですれちがうたびにじっとみつめてくるんだ。

顔《かお》になにかついているのかと鏡《かがみ》をみても、いつものわたしの顔《かお》だ。

そういえば一か月《げつ》ぐらい前《まえ》、おねえちゃんが朝《あさ》ごはんをたべていて、わたしのほうをじっとみたまま動《うご》かなくなったことがあった。あのころからかな。てっきり、おねえちゃんは、わたしがもちあげた新《あたら》しいマグ・カップをみてるんだとおもった。ピンク色《いろ》に赤《あか》や黄色《きいろ》のガーベラもようのカップ。

おかあさんが、美容院《びよういん》の開店祝《かいてんいわ》いの景品《けいひん》でもらってきたものだった。小学《しょうがく》三年生《ねんせい》のわたしには少《すこ》し大人《おとな》っぽいかと、おかあさんはおもったみたい。おねえちゃんにあげようかしらといったのを、おねえちゃんがまだ帰《かえ》っていなかったのをいいことに、わたしが横《よこ》どりしたんだ。

「ふふっ」

つぎの日《ひ》の朝《あさ》ごはんのとき、いいでしょうというように、わたしは口《くち》にはこんだマグ・カップごしにおねえちゃんをみた。

なにかいってくるかなとおもったのに、
おねえちゃんは目《め》をぱちぱちさせただけで、

「ごちそうさま」

と、立《た》ちあがって行《い》ってしまったのだ。

おねえちゃんがうらやましがるかと期待《きたい》してたのに、
なんだかつまらなかったからよくおぼえてる。

トイレからでてきたわたしに、おかあさんが
ぎょっとした顔《かお》をしたこともある。

「いやだ。るりだったの」

って、ほっとしたような声《こえ》をだした。

「いやだって、なんだとおもったの？」

「ううん。つかれてるのかしら」

おかあさんは、そういって目《め》がしらをおさえたのだ。

いつかの雨《あめ》の日《ひ》、うしろからきたともちゃんが
わたしの傘《かさ》のなかをのぞいた。

「おはよう」

ってわたしがいったのに、

「あ、そうよね。るりちゃんの傘《かさ》だって、おもったんだ」

といってから、

「おはよう」

っていった。

わたしがなにかにみえてる？　もしかして熊《くま》に？　まさか。

その日《ひ》は給食当番《きゅうしょくとうばん》だった。わたしはカレーをよそっていた。

わたしの前《まえ》にお皿《さら》をもって立《た》った佐藤君《さとうくん》が、

「じゃがいもばっかいれんなよ。くまこ」

っていった。

はっきり「くまこ」って、めんとむかってよばれたのははじめてだ。

みんなの手《て》がとまった。

佐藤君《さとうくん》のうしろにいたともちゃんが、やめなよっていうように佐藤君《さとうくん》をつついた。佐藤君《さとうくん》も肩《かた》をすくめて、そそくさとはなれていく。

でも、その前《まえ》に、くすっと笑《わら》った。

ともちゃんも、みんなも、笑《わら》ったような気《き》がした。

「どうして『くまこ』ってよぶの？」

って、わたしはきけなかった。

みんながこまったような顔《かお》で、わたしをみようともしなかったから。

ともちゃんだって、すぐいつもの顔《かお》になって、

「わたし、じゃがいも好《す》き」

って、お皿《さら》をさしだしていた。


どうしてもがまんできなくなって、帰《かえ》り道《みち》でともちゃんをつかまえた。

「ねえ、わたし、どうして『くまこ』ってよばれなきゃいけないの？」

わたしは泣《な》きだしそうになっていた。

「うん。それが――」

ともちゃんは、しばらくだまっていたけど、

「るりちゃんが、たまに熊《くま》にみえる」

って、つぶやいた。

「えー」

やっぱりっておもったけど、そうとしかいえなかった。

「で、でも、わたしだけじゃないんだ。クラスのみんなも、るりちゃんが熊《くま》にみえることあるっていってた」

ともちゃんがすまなそうにわたしをみた。

「雨《あめ》の日《ひ》さ。わたし、るりちゃんの傘《かさ》みつけて声《こえ》をかけようとしたの。るりちゃんのうしろすがた、茶色《ちゃいろ》の毛皮《けがわ》のコートをきているのかとおもった。傘《かさ》のなかをのぞいたとき、一瞬《いっしゅん》、熊《くま》がいるっておもったの。すぐ、るりちゃんになったけど」

「あのとき――」

わたしはそういいかけて、そうだったのかとうなずいていた。雨《あめ》の日《ひ》のともちゃんをおもいだした。ともちゃんはおどろいたような安心《あんしん》したような顔《かお》をしていた。

「あ、熊《くま》っていっても、かわいいんだよ。ぬいぐるみの、そうテディ・ベア。さおりちゃんなんて、大《おお》きなテディ・ベアがランドセルせおって歩《ある》いてくるっておもったみたいだよ。でも目《め》をこすったら、るりちゃんだったって」

「みんな、わたしのことがテディ・ベアにみえるの？」

「うん。一瞬《いっしゅん》なんだけどね。はじめてそうみえたときは、目《め》がどうかしたっておもったから、だれにもいわなかったんだ。けど、いつだったかな、だれかがるりちゃんが熊《くま》にみえたっていったの。そしたら、おれもわたしもって。みんながそういいだしたんだ」

「どうして？」

わたしは、泣《な》きだしてしまった。

「わたしたちもわかんないよ。でも、そうみえるときあるし」

ともちゃんは、まゆをよせた。

おねえちゃんやおかあさんにも、わたしが熊《くま》にみえてたのかな。

だから、みまちがいだって目《め》をぱちぱちさせたり、目《め》がしらをおさえたりしたんだ。

「るりちゃん、とりつかれてるんじゃない」

ともちゃんが、こわごわいう。

「熊《くま》に？」

「うん。ぬいぐるみの幽霊《ゆうれい》とかに。テディ・ベアにうらまれるようなことした？」

ともちゃんが、もしかしてってわたしをみる。

「うらまれるって？」

「うーん。ぬいぐるみの手足《てあし》をもいだとか、すてたとか」

「わたしをうらんだテディ・ベアの幽霊《ゆうれい》がわたしにとりついてるってこと？」

「だって、テディ・ベアにみえるから、そうかなって。いまは、大丈夫《だいじょうぶ》。みえないよ。いつものるりちゃんだから、安心《あんしん》して」

ともちゃんは手《て》をふって家《いえ》へ帰《かえ》っていった。

いまはみえなくても、わたしがテディ・ベアにみえることがあるんだ。ともちゃんがいうように、ぬいぐるみの幽霊《ゆうれい》がとりついてるのかな？
テディ・ベアは部屋《へや》にある。何匹《なんびき》いるだろう？
おばあちゃんのイギリス旅行《りょこう》のおみやげ。いつかの誕生日《たんじょうび》におかあさんが買《か》ってくれたもの。バッグにはちいさなテディ・ベアのブローチがついてるものもあるし、テディ・ベアのキーホルダーもある。みんな、すてたりしていない
──。

あー、すてた！

わたしは、おもいだした。**マグ・カップ**だ。

おねえちゃんにガーベラもようのマグ・カップをとられたくなくて、いままでつかってたのをすてたんだ。

あのカップは、テディ・ベアの写真《しゃしん》のもようがついていた。

あのとき、わざと流《なが》しに乱暴《らんぼう》におっことした。わってしまえば新《あたら》しいのをもらえるっておもったんだ。われなかったけど、ふちがかけた。

——おかあさん、そのマグ・カップ、わたしにちょうだい。これ、ふちがかけてるんだもの。

——あらー。そうだったの？　気《き》がつかなかったわ。あぶないわよね。それじゃ、これつかいなさい。

そういって、おかあさんはガーベラもようのカップをくれた。

マグ・カップの呪《のろ》いだろうか。

ごめんね。ごめんね。

テディ・ベアのマグ・カップはすててしまってもうない。

わたしは、空《そら》へむかってあやまった。だって、どこにあやまったらいいのかわからなかったんだもの。


空《そら》にむかってあやまった日《ひ》からもう「くまこ」じゃない。

わたしは熊《くま》にみえなくなったらしい。みんな、わたしが熊《くま》にみえたことはわすれてしまったようだ。

しばらくして、ともちゃんが教《おし》えてくれた。

つくも神《がみ》っていうのがあるって。

「まんがでみた。物《もの》にも神様《かみさま》がいるんだって。るりちゃん、マグ・カップ、すてたりしたから、その神様《かみさま》にたたられたのかもしれないよ」

「うん。わたし、あれから、なにかすてるとき、ありがとうっていうようになったの。おねえちゃんに、ばばくさいって笑《わら》われてるけど」

「わたしもそうしようっと。でも、るりちゃんの『くまこ』かわいかったんだよ」

ともちゃんはそういってくれた。

声《こえ》をひそめてとちゅうのお話《はなし》

「……ねえ、あたしの顔《かお》ってへん？」

鈴村《すずむら》ミサキが小声《こごえ》できいた。

「は？　なにいってるの、こんなときに」

「ごめん。いまの話《はなし》をきいて、ちょっと気《き》になったんだ」

洋服屋《ようふくや》さんの試着室《しちゃくしつ》で、わたしたちは体育《たいいく》ずわりしながらかくれていた。

わたしはミサキの顔《かお》をまじまじとみる。

そうね、どちらかというと……でも、小山田《おやまだ》さんのことがあるから、**ぜったいにみとめたくないわ！**

「知的《ちてき》とはいえない顔《かお》ね!!」

ガーンとショックをうけてるミサキをよそに、わたしはカーテンのすきまから、外《そと》をそっとのぞく。

笑《わら》い猫《ねこ》たちはいなかった。

やった！　このままやりすごせるかも……と思《おも》ってほっとしていたら、トントンとミサキがわたしの肩《かた》をたたいた。

「ア、アリサちゃん……」

「なあに、うるさいわね。バカっぽい顔《かお》してるわよ、あなたは」

「そ、それはわかったけど、あれ……」

ミサキの声《こえ》にふりむいてゆびさす方向《ほうこう》を見《み》あげる。

「ぎゃああああああ!!」

いつのまにか試着室《しちゃくしつ》の上《うえ》に、たくさんの笑《わら》い猫《ねこ》がずらりとならんでのぞきこんでいたのだ。

1分《ぶん》間《かん》怪《かい》談《だん》

白《しろ》いCD《シーディー》

緑川聖司《みどりかわせいじ》
絵《え》／藤田香《ふじたかおり》

友《とも》だちのK《ケー》ちゃんからきいた話《はなし》です。

K《ケー》ちゃんの学校《がっこう》では、給食《きゅうしょく》の時間《じかん》になると、放送委員《ほうそういいん》が音楽《おんがく》をながします。

そのため、放送室《ほうそうしつ》にはいつも何枚《なんまい》かのCD《シーディー》が置《お》いてあるそうです。

当番《とうばん》の日《ひ》、放送委員《ほうそういいん》のK《ケー》ちゃんは、そのなかに、まっ白《しろ》でなにも書《か》かれていないCD《シーディー》をみつけました。

（だれかが、お気《き》に入《い》りの曲《きょく》を自分《じぶん》でCD《シーディー》に入《い》れて、家《いえ》から持《も》ってきたのかな？）

いまあるCD《シーディー》にあきていたK《ケー》ちゃんは、その白《しろ》いCD《シーディー》をかけてみることにしました。

はじめにながれてきたのは、ある女性《じょせい》アイドルのヒット曲《きょく》でした。K《ケー》ちゃんも耳《みみ》にしたことのある、明《あか》るい感《かん》じのラブソングです。

つぎにながれてきたのは、K《ケー》ちゃんの知《し》らないロックバンドの曲《きょく》でした。

三曲《きょく》めは、英語《えいご》の歌《うた》でした。ギターだけのシンプルな伴奏《ばんそう》にのせて、女性《じょせい》のさわやかな歌声《うたごえ》がながれてきます。

そのあとも、アニメソングがあったり、演歌《えんか》があったりと、CD《シーディー》にはいろんな曲《きょく》が入《はい》っていました。

放送《ほうそう》が終《お》わって、K《ケー》ちゃんが教室《きょうしつ》にもどろうとすると、担任《たんにん》のY《ワイ》先生《せんせい》が廊下《ろうか》でK《ケー》ちゃんを呼《よ》びとめて、こわばった顔《かお》できいてきました。

「どうしてあんな曲《きょく》ばかりかけるんだ」

K《ケー》ちゃんが、放送室《ほうそうしつ》にあったCD《シーディー》をかけただけだというと、

「……あれはぜんぶ、**死《し》んだ歌手《かしゅ》**ばかりだぞ」

Y《ワイ》先生《せんせい》は、かすれた声《こえ》でいいました。

音楽《おんがく》にくわしいY《ワイ》先生《せんせい》によると、さっきながれてきた曲《きょく》は、どれも事故《じこ》や自殺《じさつ》で若《わか》くして亡《な》くなった歌手《かしゅ》が、最後《さいご》に出《だ》した曲《きょく》だというのです。

K《ケー》ちゃんは、Y《ワイ》先生《せんせい》といっしょに放送室《ほうそうしつ》にもどって、さっきのCD《シーディー》をさがしましたが、白《しろ》いCD《シーディー》は、どこにもみつからなかったそうです。

5分《ふん》間《かん》怪《かい》談《だん》

ザリガニの夜《よる》

松原秀行《まつばらひでゆき》
絵《え》／藤田《ふじた》 香《かおり》

まっ暗《くら》だ。

暗闇《くらやみ》のなかに、キヨシは立《た》っていた。

こわい。

重《おも》たい空気《くうき》に全身《ぜんしん》がからめとられたようだった。

どこからか、かすかに冷《つめ》たい風《かぜ》が流《なが》れてくる。風《かぜ》にはときどき、なまぐさいにおいがまじっていた。

くるしい。

両手《りょうて》で胸《むね》をおさえながら、深《ふか》く息《いき》をすう。

暗闇《くらやみ》になれてきたキヨシの目《め》に、あたりのようすがぼんやりと見《み》えてきた。

まわりには、岩《いわ》のような壁《かべ》がグルリと立《た》ちふさがっている。洞窟《どうくつ》のなかにでもいるのだろうか。

キヨシは手《て》をのばして、壁《かべ》のほうに足《あし》をふみだした。

ピチャッという音《おと》がして、冷《つめ》たいものが足《あし》にはねあがった。

水《みず》だ。足《あし》もとには水《みず》が流《なが》れていたのだ。

岩壁《いわかべ》に手《て》がふれた。わき水《みず》がしみでているのか、壁《かべ》は冷《つめ》たくぬれている。ぬるりとねばっこい感触《かんしょく》がきもちわるくて、キヨシはあわてて手《て》をはなした。

その手《て》を鼻《はな》に持《も》ってきて、キヨシは顔《かお》をしかめた。

すっごくなまぐさい。

思《おも》わずズボンのおしりに手《て》をこすりつけて、においをふきとる。

これからどうすればいいんだろう。わからないけれど、ともかくここで立《た》ちどまっていたってしかたがない。

よし、いくぞ。キヨシはおそるおそる歩《ある》きだした。

はじめのうちは、足《あし》を一歩《いっぽ》ふみだすのもドキドキものだった。でもすぐに、ふつうの速《はや》さで歩《ある》けるようになっていた。

どのくらい歩《ある》いただろう。洞窟《どうくつ》は二手《ふたて》に分《わ》かれていた。

右側《みぎがわ》はほんのり明《あか》るく、左側《ひだりがわ》はまっ暗《くら》だ。

トーゼン、明《あか》るいほうだよな。キヨシが歩《ある》きだそうとしたとき。

ギュル、ギュルギュル……。

いやな物音《ものおと》がきこえた。

な、なに？　鳴《な》き声《ごえ》？　もしかして、どこかに怪物《かいぶつ》がひそんでいるとか……

ぞぞぞっと、キヨシの背筋《せすじ》がさむくなった。

ギュルギュル、ギュルギュルギュル……。

くる！　まずい！　はやくにげなきゃ！

頭《あたま》ではわかっていても、足《あし》がいうことをきかない……**わああっ！**

キヨシの心臓《しんぞう》がはねあがって、口《くち》からとびでそうになった。なにかに足首《あしくび》をはさまれたのだ。同時《どうじ》に、長《なが》いトゲトゲしたものが首《くび》にまきついてきた。

「たすけて〜〜ころされる〜〜〜うわっ！」

自分《じぶん》の悲鳴《ひめい》で、キヨシははっと目《め》をさました。ベッドの上《うえ》だった。

いまのは、夢《ゆめ》？

ううん、夢《ゆめ》にしてはヘンに現実感《げんじつかん》があった。ぼく、たしかに、でっかいザリガニみたいな怪物《かいぶつ》におそわれて……。

ザリガニ!?

新品《しんぴん》のまくらをだきかかえてベッドをでると、つくえの上《うえ》に置《お》いてある水槽《すいそう》にキヨシはおそるおそる近《ちか》づいた。

ライトをつけ、なかをそっとのぞきこむ。ザリガニは石《いし》の下《した》にかくれてねむっていた。

「なにをさわいでるの、キヨシ。いま何時《なんじ》だと思《おも》ってるの。ちゃんと寝《ね》なくちゃダメでしょう」

声《こえ》をききつけたのだろう。ママがやってきた。

キヨシは必死《ひっし》でうったえかけた。

「ザリガニだよ。大《おお》きなザリガニが、ぼくにおそいかかってきたんだ」

ママはあきれたような顔《かお》で、

「なに寝《ね》ぼけたことをいってるのよ。ゲームのやりすぎなんじゃないの？　そんな時間《じかん》があったら、もっと勉強《べんきょう》を……」

お説教《せっきょう》がつづきそうだったので、キヨシは「ごめんなさい、もう寝《ね》まーす」

といってベッドにもどった。

翌日《よくじつ》、夜《よる》。
まくらをかかえてベッドにもぐりこむ。
すーっとねむりにおちる。
気《き》がつくとキヨシは、ゆうべの洞窟《どうくつ》のわかれ道《みち》のところにいた。
わっ、またここにきちゃった。
やばいぞ。アイツはきっと、どこかにかくれているにちがいない。
キヨシは両方《りょうほう》の道《みち》にこわごわ目《め》をこらした。
右《みぎ》のうす明《あか》るいほうの道《みち》……いない。
左《ひだり》の暗《くら》いほうの道《みち》……やっぱりいない。
アイツの気配《けはい》はどこにもなかった。

チャンスだ。キヨシは心《こころ》をきめた。

いまのうちに、洞窟《どうくつ》から脱出《だっしゅつ》してしまうんだ。そうすりゃ、二度《にど》とアイツにつかまることもない。

よーし、いそげいそげ！

キヨシはまよわず、右《みぎ》の道《みち》をすすんでいった。

足《あし》もとはごつごつしていて、水《みず》がチョロチョロ流《なが》れている。天井《てんじょう》は大人《おとな》の背《せ》くらいの高《たか》さで、幅《はば》も両《りょう》うでをいっぱいにひろげたくらいしかない。

足《あし》をとられないよう、キヨシは岩壁《いわかべ》を手《て》でつたいながらすすんでいった。

壁《かべ》はあいかわらずぬるぬる、ねばねばしていて、ひどくなまぐさい。においをかがないよう口《くち》で息《いき》をしながら、キヨシは前進《ぜんしん》をつづけた。

すすむにつれて、だんだん明《あか》るさが増《ま》してきた。洞窟《どうくつ》の出口《でぐち》に近《ちか》づいたのかもしれない。いいぞ。もうすこしで脱出《だっしゅつ》できそうだ。

と思《おも》った瞬間《しゅんかん》だった。

ぎゃあっ!

キヨシは絶叫《ぜっきょう》した。ぐにゃっとしたなにかをふんづけたのだ。

思《おも》わず壁《かべ》に手《て》をのばしたが、ズルッとすべって体勢《たいせい》をくずし、水《みず》のなかに両《りょう》手《て》・両《りょう》ひざをついてしまった。

うええっ!

全身《ぜんしん》になまぐさいものをあびたような感《かん》じがして、キヨシはパニックにおそわれた。

もうイヤだ!

これ以上《いじょう》ここにいるのはイヤだ!

にげなきゃ、にげなきゃ、にげなきゃ!

早《はや》く、早《はや》く、早《はや》く!

キヨシはころげるようにして走《はし》りだす。

2、3分《ぷん》ほど走《はし》っただろうか。とつぜん、洞窟《どうくつ》がひろくなった。学校《がっこう》の教室《きょうしつ》ひとつぶんくらいありそうだ。

どこだろう、ここは?

なんの部屋《へや》なんだ?

岩壁《いわかべ》にかこまれた部屋《へや》を、キヨシはグルリと見《み》まわした。右《みぎ》から左《ひだり》へ、下《した》から上《うえ》へと、ゆっくりゆっくり目《め》をこらす。

そのときだった。

ななめ左上《ひだりうえ》に、岩《いわ》だなのようなでっぱりがあった。その上《うえ》で、なにか緑色《みどりいろ》のものがふたつ、チカリと光《ひか》った。

ひいっと、キヨシは息《いき》をのんだ。

あれは……**目《め》だ!**

キヨシの気配《けはい》を察知《さっち》したのか、ふたつの光《ひかり》が動《うご》きだした。

岩《いわ》だなのおくから少《すこ》しずつ、こっちのほうへ近《ちか》づいてくる。

キヨシは「**わーっ！**」とさけんでにげだした……にげだそうとしたのに、足《あし》がまったく動《うご》かない。


ギュルギュル、ギュルギュルギュル！


洞窟《どうくつ》にブキミな声《こえ》がひびきわたった。

岩《いわ》だなの上《うえ》から、ギザギザの大《おお》きなハサミがニューッとつきだしてきた。ひとつ、そしてもうひとつ。

だけじゃなかった。ハサミにつづいて、長《なが》くて太《ふと》いワイヤーのようなヒゲが二本《ほん》、ビョーンととびだし、キヨシの首《くび》めがけてのびてくる。

ど、どうしよう。もうにげられない。キヨシの顔《かお》がひきつる。つぎの瞬間《しゅんかん》だった。

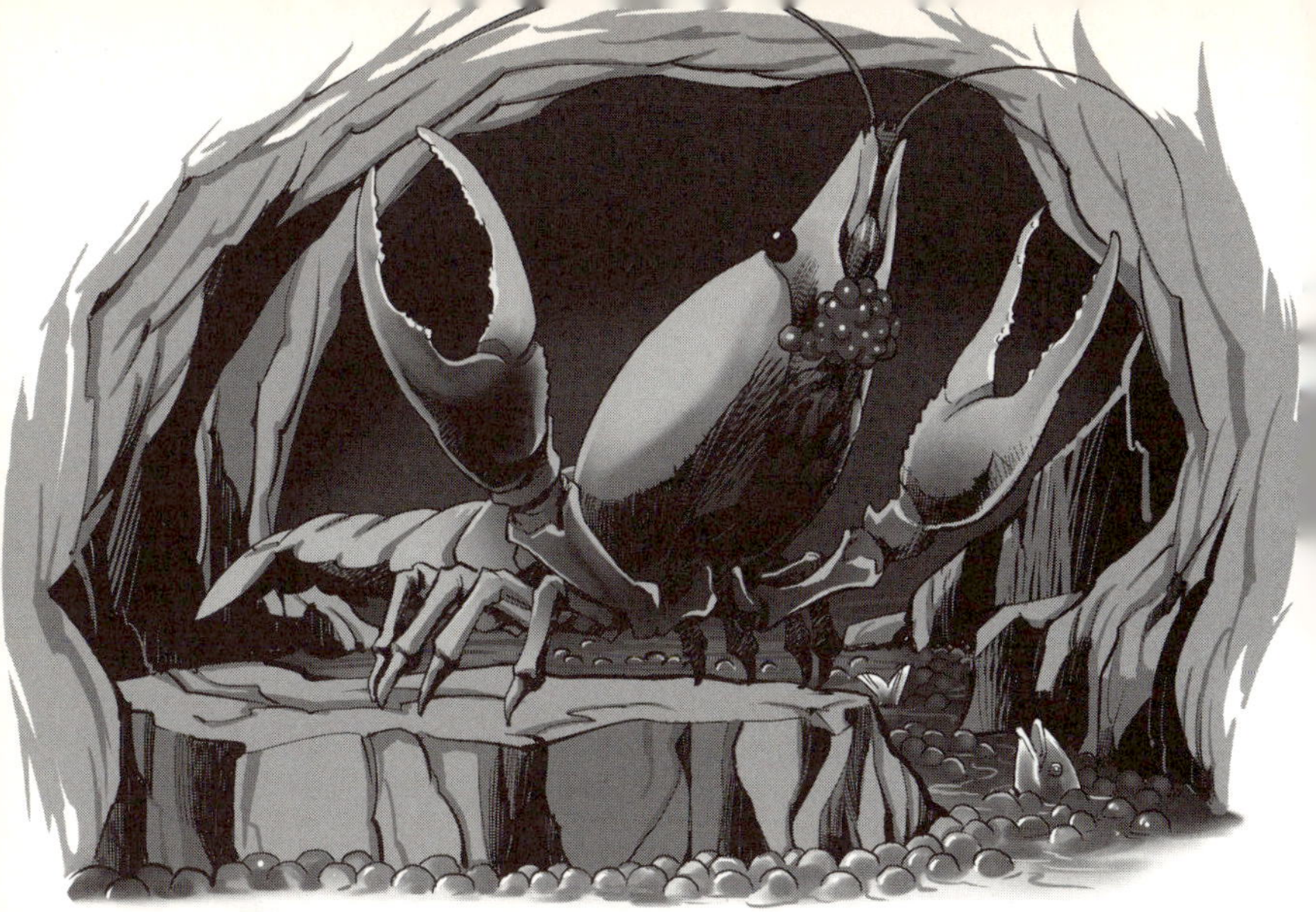

あたりがパッと明《あか》るくなった。
目《め》の前《まえ》が赤一色《あかいっしょく》になった。
岩《いわ》だなの巨大《きょだい》なザリガニが、「ブク
ブク、ブクブク」とまっ赤《か》なあわを
ふいていた。
足《あし》もとの水《みず》も、毒々《どくどく》しいほどまっ赤《か》
だった。
いくつもの魚《さかな》のまっ赤《か》な頭《あたま》が、あっ
ちこっちにプカプカうかんでいた。
両側《りょうがわ》の岩壁《いわかべ》から、血《ち》のようにまっ赤《か》
な水《みず》がぽたぽたしたたりおちていた。
キヨシは声《こえ》をかぎりにさけんだ。

「うぎゃあ〜〜、もうダメだ〜〜〜！」

「キヨシ〜、どうしたの〜」

一階《かい》からのママの声《こえ》で、キヨシははっと目《め》をさました。

「なんでもないよ〜」

冷静《れいせい》な声《こえ》で返事《へんじ》したものの、新品《しんぴん》のまくらが涙《なみだ》と鼻水《はなみず》でぐちゃぐちゃになっているのがわかった。

「……二晩《ふたばん》つづけてだよ。もうコワくってさ。おれ、なんかザリガニにわるいことしたのかな。おまえんとこはだいじょうぶかよ」

翌日《よくじつ》。

キヨシは、マサにすべてをうちあけた。池《いけ》でいっしょにザリガニ釣《つ》りをしたクラスメイトだ。キヨシとおなじく、釣《つ》ったザリガニは家《いえ》に持《も》ち帰《かえ》って水槽《すいそう》で飼《か》っている。

「べつにぃ。きのうなんか、パパのおつまみの刺身《さしみ》をひと切《き》れくすねてあげちゃったもんね。なんだかヨロコンで食《く》ってたぞ」

「ふーん、刺身《さしみ》か。おれんちは煮干《にぼ》ししかやってないけど……待《ま》てよ、もしかしたらエサに不満《ふまん》があって、それで夢《ゆめ》にあらわれて、怒《おこ》ってるのかな」

「ははは、まさか。そうそう、そんなことより、知《し》ってるかよ、キヨシ。回収《かいしゅう》の案内《あんない》がはりだしてあったぜ」

「回収《かいしゅう》？　ザリガニの回収《かいしゅう》か？　行《い》く行《い》く！　どこでどこで！」

「あのねえ、ザリガニなんて回収《かいしゅう》してるわけないだろ。そうじゃなくってさ」

ついてこいよと合図《あいず》して、マサは歩《ある》きだした。見《み》なれた商店街《しょうてんがい》をすすんでいき、シャッターの閉《し》まった一軒《いっけん》の店《みせ》の前《まえ》で立《た》ちどまる。
古《ふる》びたシャッターに、こんなはり紙《がみ》があった。

閉店《へいてん》のご案内《あんない》
沢田《さわだ》ふとん店《てん》は、×月《がつ》□□日《にち》をもって閉店《へいてん》いたしました。
長《なが》いあいだのご愛顧《あいこ》をたまわり、心《こころ》よりお礼《れい》もうしあげます。

その横《よこ》にもう一枚《まい》のはり紙《がみ》があり、こう書《か》かれていた。

回収《かいしゅう》のおわびとおねがい
当店《とうてん》が閉店《へいてん》セールで販売《はんばい》いたしました
「お子《こ》さま用《よう》まくら・わくわくナイトメア」につきまして、

睡眠《すいみん》ちゅうトラブルが発生《はっせい》する可能性《かのうせい》があるとの
ご指摘《してき》がありました。
問題《もんだい》がある場合《ばあい》は、すみやかに回収《かいしゅう》し、
ご返金《へんきん》いたしますので、下記《かき》までご連絡《れんらく》ください。

「おまえのかあちゃん、この前《まえ》ここで買《か》ってたぜ、子《こ》ども用《よう》のまくら。はやく回収《かいしゅう》してもらったらどうよ」

「！」

マサのことばに、キヨシはまわれ右《みぎ》して、全速力《ぜんそくりょく》で家《いえ》にかけもどっていった。

「回収《かいしゅう》、回収《かいしゅう》、ぜったい回収《かいしゅう》！」と、うわごとのようにつぶやきながら。

やけ食《ぐ》いされるとちゅうのお話《はなし》

「「わあああああ！」」

百匹《ぴき》の笑《わら》い猫《ねこ》たちに追《お》いかけられ、わたしと鈴村《すずむら》ミサキはエスカレーターをダンダンとかけおりていく。

一階《かい》じゅうを走《はし》りまわったあと、やっとみつけたエスカレーターだった。

「なんで、こういうときまちがうかな!?　これ上《のぼ》りじゃないの！　おりるのがたいへんよ!!」

「ごめん、あたしいつもこうなんだ」

ミサキが息《いき》を切《き》らしながら、もうしわけなさそうな声《こえ》を出《だ》す。

と、笑《わら》い猫《ねこ》が一匹《ぴき》、すうっとエスカレーターの手《て》すりをすべりおりてきて、そのまま揚《あ》げものコーナーにとびこんだ。
地下《ちか》の食品《しょくひん》売《う》り場《ば》にたどりついたわたしたちは、ぎょっとしてかたまった。
みると笑《わら》い猫《ねこ》がエビフライをくわえて、こちらをじっとみつめている。
パクリとやって、むしゃむしゃむしゃ。
「**おお、これはうまいザリガニだ**」
とたんに、のこりの笑《わら》い猫《ねこ》たちが列《れつ》をなして、
おれもおれもと手《て》すりをすべりおりてくる。
ストーンストーンストーンストーン
揚《あ》げものコーナーに着地《ちゃくち》した百匹《ぴき》の笑《わら》い猫《ねこ》たち。
エビフライにコロッケ、とんかつと、
手《て》あたりしだいにむしゃむしゃやりはじめる。
「いまのうちよ！」

わたしはミサキの手《て》をつかむと、洋菓子《ようがし》売り場《ば》のほうへ走《はし》りだした。

ケーキ屋《や》さんの前《まえ》をとおりかかり、ふいに三池《みいけ》タクトのことを思《おも》いだす。

――な、なんでもない。あ、これもってて。ぼく、トイレ。もれそう。

「くっそー、あいつ…！　ぜんぶわかっててにげたわね！　**ケーキと笑《わら》い猫《ねこ》のぬいぐるみをわたしたちにあずけて、おとりにしたんだわ!!**」

ゆるせない!!

さっきの怪談《かいだん》のわくわくナイトメア、どっかにないかしら！

あったら、あいつになげつけてやるのに！

ふりむくと、揚《あ》げものどころか、煮《に》もの焼《や》きもののおそうざいコーナーをぜんぶ食《た》べつくした笑《わら》い猫《ねこ》たちが、またおしよせてくる。

「鈴村《すずむら》ミサキ！　そのケーキちょうだい!!」

ミサキから三池《みいけ》タクトが買《か》ってきたクリスマスケーキの箱《はこ》をうばいとると、

猫《ねこ》たちにほうりなげた。

「**デザートにすればいいわ！**」

笑《わら》い猫《ねこ》たちは、いっしゅん立《た》ちどまると、ケーキのほうにわあっとむらがっていく。

でも百匹《ぴき》の猫《ねこ》たちにとって、三池《みいけ》タクトのクリスマスケーキなんて、ほんのすこしの時間《じかん》かせぎにしかならない。

すぐにまたあの声《こえ》がきこえてくるわ。

またたび台《だい》ニュータウンのうわさ❷

駅《えき》のポスターにいたずらしようとすると、
となりにはってあったポスターの
おじさんの顔《かお》がせりだしてきて、
「やめろ！」と怒鳴《どな》った。

作《さく》／緑川聖司《みどりかわせいじ》　絵《え》／もけお

3分《ぶん》間《かん》怪《かい》談《だん》

最後《さいご》のひとり

緑川聖司《みどりかわせいじ》
絵《え》／榊《さかき》アヤミ

わたしの家《いえ》の近《ちか》くの公園《こうえん》には、夕《ゆう》ぐれどきにひとりで遊《あそ》んでいると、死神《しにがみ》につれていかれる、といううわさがある。

だから、夕方《ゆうがた》、その公園《こうえん》で遊《あそ》んでいて、最後《さいご》のふたりになったら、かならずいっしょに公園《こうえん》を出《で》ないといけない。

それが、このあたりの子《こ》どものやくそくごとになっていた。

その日《ひ》は、夢中《むちゅう》になって遊《あそ》んでいて、気《き》がつくと、砂場《すなば》にのこっているのはわたしひとりになっていた。

うわさのことを思《おも》いだして、わたしは一瞬《いっしゅん》、泣《な》きそうになったけど、ブランコのほうをみて安心《あんしん》した。

同《おな》い年《どし》のサチコちゃんがいたからだ。

サチコちゃんは、最近《さいきん》引《ひ》っこしてきたお友《とも》だちで、砂場《すなば》よりもブランコとかジャングルジムが好《す》きな女《おんな》の子《こ》だった。

前《まえ》に、うわさのことを話《はな》したことがあったので、待《ま》っていてくれたのだろう。

わたしは、帰《かえ》る準備《じゅんび》をして、ブランコにかけよった。

公園《こうえん》には、ほかに人影《ひとかげ》はなく、夕日《ゆうひ》が長《なが》い影《かげ》を落《お》としている。

「サチコちゃん、いっしょに帰《かえ》ろ」

わたしが声《こえ》をかけると、サチコちゃんはにっこり笑《わら》ってうなずいた。

わたしたちは、手《て》をつないで歩《ある》きだした。

「サチコちゃん、そっちじゃないよ」

サチコちゃんがむかったのは、公園《こうえん》の入口《いりぐち》とは反対《はんたい》の方向《ほうこう》だった。

「ううん。こっちでいいんだよ」

サチコちゃんはそういって、すたすたと歩《ある》いた。

あれ？　そういえば、サチコちゃんのおうちってどこだっけ？

一か月《げつ》ぐらい前《まえ》から、公園《こうえん》でみかけるようになったので、最近《さいきん》引《ひ》っこしてきたのだと勝手《かって》に思《おも》ってたんだけど、よく考《かんが》えたら、どこの学校《がっこう》に通《かよ》っているのかも、どこに住《す》んでいるのかも知《し》らなかった。

公園《こうえん》はどんどん暗《くら》くなってくる。

それにつれて、わたしの影《かげ》ものびていくのに、どういうわけか、サチコちゃ

ん の足《あし》もとには影《かげ》がなかった。

「やっぱり、こっちから帰《かえ》る」

わたしが公園《こうえん》の入口《いりぐち》にむかおうとすると、

「**だめ**」

サチコちゃんは、わたしの手《て》をぎゅっとにぎった。

「痛《いた》い。はなして」

必死《ひっし》にふりほどこうとしても、サチコちゃんの手《て》はびくともしない。

「**いっしょに帰《かえ》ろう**」

サチコちゃんがにやりと笑《わら》う。

わたしが悲鳴《ひめい》をあげたそのとき、

「なにしてるんだ!」

急《きゅう》に、もういっぽうの手《て》がぐいっと引《ひ》っぱられて、わたしはしりもちをついた。

見《み》あげると、おにいちゃんがこわい顔《かお》で立《た》っていた。

ホッとしたのとびっくりしたのとで、わたしは思《おも》わず泣《な》きだした。

視界《しかい》のはしで、サチコちゃんがざんねんそうな顔《かお》をしながら、公園《こうえん》のおくにすがたを消《け》すのがみえる。

「こんなところで遊《あそ》んでたら、あぶないだろ！」

おにいちゃんの指《ゆび》さすほうをみて、わたしはまっ青《さお》になった。

わたしとサチコちゃんがむかっていた先《さき》は、ちょっとした森《もり》になっていて、そのおくに小《ちい》さな池《いけ》があったのだ。

あとからきいた話《はなし》では、むかし、わたしと同《おな》い年《どし》の女《おんな》の子《こ》がその池《いけ》でおぼれて亡《な》くなったらしい。

それ以来《いらい》、わたしはあの公園《こうえん》には近《ちか》づかないようにしている。

いっしょに遊《あそ》んでる子《こ》が、本当《ほんとう》に生《い》きているかどうかわからないから……。

お先《さき》まっくらなとちゅうのお話《はなし》

三階《かい》の家具《かぐ》売り場《ば》だった。ベッドがずらりとならんでいる。

わたしと鈴村《すずむら》ミサキは、そのうちのひとつの下《した》にもぐりこんで、じっと息《いき》をひそめて怪談《かいだん》をきいていた。

そういえば猫目池《ねこめいけ》にも、『ひとりで遊《あそ》んではいけません』ってかんばんが出《で》ていたっけ。

わたしはおよげないから、あんなとこ行《い》かないけれど。

「あたし……およげないんだ……」

鈴村《すずむら》ミサキがぼそっとつぶやいた。

「アリサちゃん、およげる？」

「お…およげるわよ、もちろん」

五メートルなら！

「すごいね。あたし、水泳教室《すいえいきょうしつ》かよってたのに、十メートルもおよげないんだ。英会話教室《えいかいわきょうしつ》もピアノも算数《さんすう》の塾《じゅく》もぜんぜんだった」

鈴村《すずむら》ミサキの親《おや》が、かなりの教育《きょういく》ママだってうわさはきいていた。

こんなおバカなのに、毎日塾《まいにちじゅく》やら習《なら》いごとやらに行《い》かされていたらしい。

でも最近《さいきん》になって、それをぜんぶやめたようだ。

「あなた、なんで英会話教室《えいかいわきょうしつ》やめたの？　ほかの習《なら》いごともやめたでしょ」

「うん、だって……」

鈴村《すずむら》ミサキがてれたような顔《かお》をしていった。

「**友《とも》だちと遊《あそ》びたかったんだ**」

ミサキのこたえは、いつもだったら子《こ》どもっぽいなと鼻《はな》で笑《わら》うのに、きょうは、なんだかすんなりうけとめられた。

それどころか、友《とも》だちのいるミサキがちょっぴりうらやましかった。

「だからあたし、**消《け》しゴムはんこ部《ぶ》**に入《はい》ったんだ！」

はあ？

「なにそのバカみたいなクラブ。ふざけてるの？」

「しらないの!?　すっごいおもしろいんだよ!!　うちのクラスの女子《じょし》たちだって、みんな消《け》しゴムはんこ作《つく》ってるんだから！」

むきになるミサキ。

あ、消《け》しゴム六《むっ》つも買《か》ってなに作《つく》るのかと思《おも》ってたけど、消《け》しゴムはんこか。

なーんだ。こんなこと知《し》りたくて、わたし、笑《わら》い猫《ねこ》のさわぎにまきこまれちゃったのね。

力《ちから》がぬけて、はーあ。

かるく息《いき》をはいたとき、目《め》のまえをなにかが横《よこ》ぎった。

笑《わら》い猫《ねこ》だ！

ベッドのまわりを笑《わら》い猫《ねこ》がはしりまわってる。

パタパタパタ……パタパタパタパタパタ……

パタパタパタ……

またこっちに近《ちか》づいてきた！

ごくりとつばを飲《の》みこんで、身《み》をすくめる。

しばらく音《おと》が止《や》み、時間《じかん》がすぎていく。

数秒《すうびょう》が数時間《すうじかん》にも感《かん》じられた。

パタパタパタパタ……

遠《とお》ざかる足音《あしおと》。

よかった、いなくなった。

気《き》づかれなかったんだ。

ほっとして、ミサキと目《め》を見《み》あわせる。

「みぃーつけた」

ベッドの上《うえ》から、笑《わら》い猫《ねこ》の大《おお》きな顔《かお》がさかさになってこちらをのぞきこんでいた。

「「きゃあああああ！」」

バチン！

フロアがとつぜんまっくらになった。

とたんに、あっちからもこっちか

らもモフモフしたなにかが、とびかかってくる。

わたしたちは、たちまち息《いき》もできないくらいに大量《たいりょう》の毛玉《けだま》につつまれた。

「オニごっこはおしまいだ。夕飯《ゆうはん》も食後《しょくご》のデザートもすんだから、そろそろ**3時《じ》のおやつ**だな」

5分《ふん》間《かん》怪《かい》談《だん》

プリントシールのあの子《こ》

宮下恵茉《みやしたえま》
絵《え》／榊《さかき》アヤミ

晩《ばん》ごはんを食《た》べているとき、ママにきかれた。

「ももちゃん、土曜日《どようび》はいっしょにお出《で》かけできる？」って。

だけどわたしは、ううんと首《くび》をふった。

「ムーリ。だって、ちいこたちとプリ撮《と》りに行《い》くやくそくしてるんだもん」

「またあ？　このあいだも、そういって出《で》かけたじゃない。何枚撮《なんまいと》ったら気《き》がすむの」

ママが、大《おお》げさに顔《かお》をしかめる。

「なんだ、ももはまた出《で》かけるのか」

それまでだまってビールを飲《の》んでいたパパが、ぼそっとつぶやいた。

「あ～あ、四年生《ねんせい》になったから、プリ解《かい》禁《きん》にしたけれど、失敗《しっぱい》だったかしら」

ママが、きこえよがしにイヤミをいう。

たしかに四年生《ねんせい》になるまでは、週末《しゅうまつ》はパパとママと出《で》かけるのがあたりまえだった。

だけど最近《さいきん》、わたしは毎週友《まいしゅうとも》だちと出《で》かけている。

プリントシールを撮《と》るためだ。

プリ機《き》は、ショッピングモールやゲームセンターにある。みんなでうつした写《しゃ》真《しん》に、いろんなアイコンをはりつけてデコるのが、最高《さいこう》に楽《たの》しい。それに友《とも》だちとプリを撮《と》ると、いっきに友情《ゆうじょう》が深《ふか》まるような気《き》がする。

「うるさいなあ。自分《じぶん》のおこづかいでやってるんだから、もんくないでしょ」

強《つよ》い調子《ちょうし》でいいかえすと、ママもパパもそれ以上《いじょう》なにもいわなかった。

(だいたい、四年生《ねんせい》になってまで、親《おや》と出《で》かけるなんて、カッコわるいし)

わたしはさっさと自分《じぶん》の部屋《へや》にもどり、お菓子《かし》の缶《かん》に入《い》れているプリをとりだした。

これは先週《せんしゅう》、こっちはその前《まえ》に撮《と》ったもの。仲《なか》よしメンバーで撮《と》ることもあるけれど、むこうで知《し》ってる子《こ》に出《で》くわして、その場《ば》のノリでいっしょに撮《と》ることもある。

人数《にんずう》が多《おお》いほうが、ひとりあたりの値段《ねだん》が安《やす》くなるし、いろんな子《こ》と撮《と》ったプリをみていると、自分《じぶん》にはこんなにたくさん友《とも》だちがいるんだぞって誇《ほこ》らしい気持《きも》ちになる。
（たくさん撮《と》ったなあ〜。……あれ？）
手《て》もとのプリントシールに目《め》をとめた。
わたしのうしろに女《おんな》の子《こ》がいる。ピンクの字《じ》で『ゆり』と書《か》いてあるけれど、
わたしの友《とも》だちに、そんな名前《なまえ》の子《こ》はいない。
（これ、だれだっけ？）
目《め》をこらしてみたけれど、サイズが小《ちい》さくて女《おんな》の子《こ》の顔《かお》がよくみえない。
気《き》になって、もう一枚《まい》のプリも確認《かくにん》してみた。
すると、やっぱりそこにもわたしのうしろに『ゆり』がうつっている。
背《せ》の高《たか》さは、わたしと同《おな》じくらい。面長《おもなが》で髪《かみ》が長《なが》く、

大人《おとな》っぽくみえる。中学生《ちゅうがくせい》くらいだろうか？

でもこんな女《おんな》の子《こ》、わたしは知《し》らないし、みたこともない。

そこで、思《おも》いだした。

このあいだ、ちいこからきいた『呪《のろ》いのプリントシール』の話《はなし》を。

『むかし、仲間《なかま》はずれにされた女《おんな》の子《こ》が、プリ機《き》のなかで首《くび》をつって自殺《じさつ》したんだって。それから、そこで写真《しゃしん》を撮《と》ると、知《し》らない子《こ》がうつりこむようになったらしいよ。その子《こ》にうしろに立《た》たれたら、とりつかれて死《し》んじゃうんだって！』

背筋《せすじ》が、ぞおっとした。

背《せ》が高《たか》いわたしは、プリを撮《と》るとき、いつもいちばんうしろに立《た》つ。だからわたしのうしろにだれかがいるなんて、絶対《ぜったい》ありえないはず。

ふるえる手《て》で、いままでに撮《と》ったプリをぜんぶ確認《かくにん》した。先週《せんしゅう》撮《と》ったものにも、その前《まえ》に撮《と》ったものにも、わたしのうしろに『ゆり』がうつっている。

わたしがピースをしていたら、『ゆり』も同《おな》じポーズをとっているし、変顔《へんがお》をしていたら、『ゆり』もおどけた表情《ひょうじょう》でうつりこんでいた。

（……ま、まさかあ。もしも幽霊《ゆうれい》だったら、こんなに楽《たの》しそうな顔《かお》しないだろうし、わざわざ自分《じぶん》の名前《なまえ》をデコったりしないよね？）

きっとこれは、ほかのグループの子《こ》がまぎれこんでいたんだ。それとも、だれかがいたずらしたのかも。わたしは自分《じぶん》にそういいきかせて、プリントシールをかきあつめた。

（あした、ちいこたちに確認《かくにん》してみよう）

翌日《よくじつ》、わたしはさっそくみんなにきいてみた。

「ねえねえ、この子《こ》、だれかな？」

わたしがプリのなかの『ゆり』をゆびさすと、みんなはとたんに笑《わら》いだした。

「ももったら、なにいってんの？」

「だれもうつってないじゃない」

みんなが大笑《おおわら》いするすがたを、わたしは信《しん》じられない思《おも》いでみつめた。

（……うそ。みんなには、みえないの？）

「よくみてよ。わたしのうしろにいるでしょ？　髪《かみ》の長《なが》い女《おんな》の子《こ》が、ほら！」

むきになってそういうと、みんなは笑《わら》うのをやめて、気味《きみ》わるそうにわたしをみた。

「うちらが撮《と》ったプリが、『呪《のろ》いのプリントシール』だっていいたいわけ？」

「そういうの、やめてよ。ホント、シャレになんないから」

わたしはそれ以上《いじょう》なにもいえなくなり、プリをかばんにもどした。

(どうしよう……！　わたし、呪《のろ》い殺《ころ》されちゃうの？)

土曜日《どようび》、わたしはプリを撮《と》りに行《い》くのをやめた。

みんなは、わたしが『ゆり』の話《はなし》をしたことなんてもうわすれたみたいで、何度《なんど》も行《い》こうよってさそってきたけれど、理由《りゆう》をつけてことわった。

だってプリを撮《と》ったら、きっとまた『ゆり』がうつるに決《き》まってる。

(だけど、どうしてこんなに大《おお》ぜいいるのに、わたしのうしろにだけいるの？)

そう思《おも》いながら、なにげなくつくえの上《うえ》にかざってある写真《しゃしん》をみた。このあいだ行《い》った社会科見学《しゃかいかけんがく》で撮《と》ったクラス写真《しゃしん》だ。

(……えっ？)

わたしのうしろに、だれかいる。よくみると、そこにも、『ゆり』がにっこり笑《わら》ってうつっていた。

(な、なんで？　……もしかして)

わたしはいそいで、本棚《ほんだな》にならべてあるアルバムをとりだした。

ページをめくると、あちこちに『ゆり』がいた。

といっても、ぜんぶの写真《しゃしん》にうつっているわけではなくて、いとこといっしょに行《い》った水族館《すいぞくかん》とか、幼稚園《ようちえん》の遠足《えんそく》で行《い》った大《おお》きな公園《こうえん》、家族旅行先《かぞくりょこうさき》のテーマパーク……。

にぎやかな場所《ばしょ》で、まわりにいる人《ひと》たちにまぎれてうつりこんでいる。

ふしぎなことに、わたしが小《ちい》さいときには、『ゆり』もおさないすがたでうつっていて、まるで、わたしといっしょに成長《せいちょう》しているようだ。

(どういうことなの？)

『ゆり』は、そんなにむかしからわたしにとりついていたのかな？

わたしを呪《のろ》い殺《ころ》そうとしているの？

考《かんが》えれば考《かんが》えるほど、わからなくなる。


「ももちゃーん。パパとママ、車《くるま》でお買《か》い物《もの》に行《い》くけど、お留守番《るすばん》してる？」

リビングから、ママの声《こえ》がした。

いまこの瞬間《しゅんかん》にも、『ゆり』はわたしのうしろにいるかもしれない。

そう思《おも》ったら、ひとりで家《いえ》にいるのがおそろしくなった。

「待《ま》って！　わたしも行《い》く！」

いそいでプリと写真《しゃしん》をかきあつめ、わたしは自分《じぶん》の部屋《へや》をとびだした。


「ちいこちゃんたちとのやくそく、よかったの？」

ママが、助手席《じょしゅせき》からふりかえってわたしにきいてきた。

プリを撮《と》りに行《い》くのをやめたといったら、うれしそうにしていたくせに、こんどはわたしが仲間《なかま》はずれにされたんじゃないかと、心配《しんぱい》になったようだ。

「……うん。もう、いいんだ」

「そうなの？　元気《げんき》ないね、どうかした？」

いってもどうせわかってもらえない。

だけど、このプリや写真《しゃしん》を手《て》もとに置《お》いておくのもこわいし、すてたら呪《のろ》われるかもしれない。

わたしは思《おも》いきって、パパとママに『ゆり』の話《はなし》をした。すると……。

「ゆり……？」

ふたりの顔色《かおいろ》がとたんにかわった。急《きゅう》ブレーキをかけて、道路《どうろ》のはしに車《くるま》をとめる。

「どうかしたの？」ときくと、ふたりは、ゆっくりわたしのほうへむきなおった。

「あのね。じつはいままでだまってたんだけど」

そういって、ママが教《おし》えてくれた。

わたしには、『ゆり』って名前《なまえ》のおねえちゃんがいたことを。

名前《なまえ》までつけて、楽《たの》しみに待《ま》ちのぞんでいたのに、ママのおなかのなかで死《し》んでしまい、この世《よ》に生《う》まれることができなかったらしい。

（……うそ！　じゃあ、『ゆり』は、わたしのおねえちゃんなの？）

「ももちゃん、そのプリントシールと写真《しゃしん》、ママたちにもみせて」

手《て》わたすと、パパとママはじっとみつめていたけれど、ざんねんそうに首《くび》をふった。ふたりには、『ゆり』のすがたがみえないらしい。

「どうしてわたしにしかみえないの？　『ゆり』は、わたしにとりつこうとしてるわけ？」

するとパパは、「そうじゃないさ」ときっぱり首《くび》を横《よこ》にふった。

「ももにしかみえないのは、ゆりがももの『守護霊《しゅごれい》』だからじゃないか」

「『守護霊《しゅごれい》』って、なに？」

わたしがきいたら、パパは説明《せつめい》してくれた。目《め》にはみえないけれど、いつでもそばで、災難《さいなん》から守《まも》ってくれる霊《れい》なんだって。

「だけどわたし、ピンチを助《たす》けてもらった記憶《きおく》なんて……」

手《て》に持《も》っていた幼稚園時代《ようちえんじだい》の写真《しゃしん》をみながらそう答《こた》えようとして、あっと思《おも》いだした。

この写真《しゃしん》は、たしか年長《ねんちょう》さんのころ、遠足《えんそく》で大《おお》きな公園《こうえん》に行《い》ったときに撮《と》ったものだ。

あの日《ひ》、わたしはシロツメクサを摘《つ》むのに夢中《むちゅう》で、みんなとはぐれてしまった。はっと気《き》がついたら、前《まえ》にもうしろにもだれもいなくて、わたしはその場《ば》でうわあんと泣《な》きだしてしまった。

そしたら、小学生《しょうがくせい》くらいの女《おんな》の子《こ》が、つつじの植《う》えこみのかげから、『こっちだよ』って手《て》まねきをしてくれた。

べそをかきながら、そばまでかけよると、またその先《さき》にある植《う》えこみから顔《かお》だけ出《だ》して、『ももちゃん、おいで』って、わたしの名前《なまえ》を呼《よ》んだのだ。

いわれるままについていったら、みんなのところへもどることができたんだけど、そのときにはもう、女《おんな》の子《こ》はいなくなっていた。

この写真《しゃしん》をみるまでは、すっかりわ

すれていたけれど、もしかして、あの子《こ》が……。

「ももちゃんが、お友《とも》だちとあんまり楽《たの》しそうにしていたから、ゆりちゃんもプリントシールにうつってみたかったのかな」

ママが目《め》に涙《なみだ》をうかべながら、そういった。

わたしは、だまって最初《さいしょ》に『ゆり』をみつけたプリをみた。

そうかもしれない。

だって、『ゆり』がうつりこんでいるのは、わたしが楽《たの》しく遊《あそ》んだ思《おも》い出《で》がある場所《ばしょ》ばかりだったから。

(とりつかれるだなんて思《おも》って、ごめんね、ゆりちゃん)

心《こころ》のなかであやまると、プリントシールのなかの『ゆり』は、まるでいたずらがみつかった小《ちい》さな子《こ》みたいに、ペロッと舌《した》を出《だ》してから、すうっと消《き》えていった。

またたび台《だい》ニュータウンのうわさ 3

「こんなにあるんだから、ひとつぐらい、いいわよね」

万引《まんび》きした帰《かえ》り道《みち》。

「こんなにいるんだから、ひとりくらい、いいわよね」

そんな声《こえ》とともに、大《おお》きな指《ゆび》がわたしをつまんで、

空高《そらたか》く持《も》ちあげた。

作《さく》／緑川聖司《みどりかわせいじ》　絵《え》／もけお

1分《ぶん》間《かん》怪《かい》談《だん》

お弁当《べんとう》

緑川聖司《みどりかわせいじ》
絵《え》／榊《さかき》アヤミ

わたしは滋賀県《しがけん》のS小学校《エスしょうがっこう》に通《かよ》っています。

秋《あき》の合同遠足《ごうどうえんそく》のときの話《はなし》です。わたしたち六年生《ねんせい》は、一年生《ねんせい》といっしょに、近《ちか》くのK山《ケーさん》にのぼりました。

山頂《さんちょう》の広場《ひろば》にシートをひろげて、みんなでお弁当《べんとう》を食《た》べていると、どこからかぐすぐすとすすり泣《な》く声《こえ》がきこえてきます。

みると、お弁当《べんとう》の輪《わ》から少《すこ》しはずれたところで、小《ちい》さな女《おんな》の子《こ》が泣《な》きべそをかいていました。

どうやら、お弁当《べんとう》をわすれてしまったようです。

「かわいそうだから、みんなでちょっとずつ分《わ》けてあげようよ」

六年生《ねんせい》のだれかがそういったので、わたしたちは協力《きょうりょく》して、おかずやご飯《はん》を少《すこ》しずつ紙《かみ》のお皿《さら》にのせてあげました。

すると、あっというまにお皿《さら》はいっぱいになって、りっぱなお弁当《べんとう》ができあがりました。

「はい、どうぞ」

わたしがそれをさしだすと、女《おんな》の子《こ》はようやく泣《な》きやんで、うれしそうに笑《わら》いました。そして、お皿《さら》をうけとると、ぺこんとおじぎをして、そのまま立《た》ち去《さ》っていきました。

広場《ひろば》のまんなかには森《もり》があって、森《もり》のむこうでも、ほかの班《はん》がお弁当《べんとう》を食《た》べています。

むこう側《がわ》にお友《とも》だちがいるのかな――わたしはそ

う思《おも》って、お弁当《べんとう》のつづきを食《た》べはじめました。

そして、帰《かえ》りのバス。昼間《ひるま》の女《おんな》の子《こ》はどこかな、と座席《ざせき》を見《み》まわしたけど、どこにも見《み》あたりません。

おかしいな、と思《おも》っているうちに、点呼《てんこ》が終《お》わって、バスは出発《しゅっぱつ》してしまいました。

もしかして、たまたまピクニックにきていた、関係《かんけい》ない子《こ》だったのかな、などと考《かんが》えていると、窓《まど》から外《そと》をみていた友《とも》だちが「あ」と声《こえ》をあげました。

「あれ、みて」

その子《こ》が指《ゆび》さす方向《ほうこう》に目《め》をやると、草《くさ》むらのなかから狐《きつね》の親子《おやこ》が、バスを見《み》おくるように、こちらをじっとみつめています。

そして、わたしたちに気《き》づくと、親子《おやこ》でぺこんと頭《あたま》をさげました。

それは、さっき泣《な》いていた女《おんな》の子《こ》と同《おな》じしぐさでした。

そういえば――わたしはあることに気《き》づきました。
泣《な》いていた子《こ》だけではなく、「みんなで分《わ》けてあげよう」といった子《こ》にも、見《み》おぼえがなかったのです。

5分《ふん》間《かん》怪《かい》談《だん》

あゆむ君《くん》のねむれない夜《よる》

はやみねかおる
絵《え》／もけお

あゆむ君《くん》、六才《さい》。今年《ことし》から、一年生《ねんせい》。生《う》まれたときから、男《おとこ》の子《こ》。たのんだわけでもないのに男《おとこ》の子《こ》。

きょうから、たったひとりで、ねむることになりました。

「あゆむも、もう一年生《ねんせい》なのよねぇ」

おかあさんが、うれしそうにいいます。

「早《はや》いもんだなぁ」

ベッドを組《く》み立《た》てたおとうさんがいいます。

そんな話《はなし》を、ふたりのすぐうしろで、あゆむ君《くん》はきいています。

手《て》には、きれいにたたまれたパジャマを持《も》っています。

「もう一年生《ねんせい》だから、パジャマもひとりで着《き》られるわね」

おかあさんが、あゆむ君《くん》にほおずりします。

「男《おとこ》の子《こ》なんだから、できるよな」

おとうさんが、あゆむ君《くん》の肩《かた》をポンとたたきます。

「じゃあね、ゆっくり休《やす》むのよ。――おやすみ」

おかあさんとおとうさんが、手《て》をふって出《で》ていきます。あゆむ君《くん》も、だまって手《て》をヒラヒラふりました。

ドアがパタンと閉《し》まり、パジャマを持《も》ったあゆむ君《くん》とあたらしいベッドが部屋《へや》にのこされました。

右《みぎ》の一つめのボタンと、左《ひだり》の一つめの穴《あな》。右《みぎ》の二つめのボタンと、左《ひだり》の二つめの穴《あな》。
なかなか思《おも》うように入《はい》ってくれないボタンを、力《ちから》いっぱい穴《あな》におしこみます。
右《みぎ》の三つめのボタンと、左《ひだり》の三つめの穴《あな》。
右《みぎ》の四つめのボタンと、左《ひだり》の四つめの穴《あな》。
あゆむ君《くん》は、パジャマの上着《うわぎ》を着《き》るのに、成功《せいこう》しました。
――なかなか、ぼくはすごいじゃないか。
あゆむ君《くん》は、自分《じぶん》で自分《じぶん》に感心《かんしん》します。
――ボタンのかけまちがいを二回《かい》しただけで上着《うわぎ》を着《き》られた。うん、たいしたもんだ！
上機嫌《じょうきげん》で、あゆむ君《くん》はパジャマのズボンにかかります。

からみついたズボンに足《あし》をとられて三回《かい》ころんだだけで、あゆむ君《くん》は、ズボンをはくのに成功《せいこう》しました。

あゆむ君《くん》は、目《め》を開《あ》けたまま、ベッドのなかで天井《てんじょう》をみています。

ドックンドックン……。心臓《しんぞう》がすごい音《おと》をたてています。

電気《でんき》はついたままです。

——電気《でんき》、消《け》そうかな……。おかあさんと寝《ね》てたときは、いつもまっ暗《くら》にしてたから、暗《くら》くしないと寝《ね》られないんだ。でも……。

あゆむ君《くん》は、まくらにほおをおしつけて考《かんが》えます。

——もし暗《くら》くしたときにオバケが出《で》たら、ぼくは知《し》らないうちに食《た》べられちゃう。

あゆむ君《くん》は、暗《くら》くてみえない闇《やみ》のなかでは、いろんなものがオバケにかわると思《おも》っているのです。

――オバケは、食《た》べた人間《にんげん》そっくりにかわるんだ。人間《にんげん》のなかには、たくさんオバケがまぎれこんでるんだ……。

部屋《へや》のなかを見《み》まわします。

本箱《ほんばこ》の上《うえ》には、茶色《ちゃいろ》い熊《くま》のぬいぐるみが置《お》いてあります。小《ちい》さいときに、おばあちゃんが買《か》ってくれたものです。もとは白《しろ》かったのですが、遊《あそ》んでいるうちにだんだんいまの色《いろ》になってしまいました。

あゆむ君《くん》は、その熊《くま》のぬいぐるみに『テディ』という名前《なまえ》をつけています。

――テディは、大丈夫《だいじょうぶ》だな。オバケになんかかわりゃしない。もしかわっても、絶対《ぜったい》、ぼくを食《た》べたりしない。

ふとんをかぶり、息《いき》をひそめます。

――オバケがいるとしたら、ドラキュラとハンニャの二匹《ひき》……。いまごろ、ぼくをさがして家《いえ》のなかを歩《ある》いてるかもしれない。

〝ドラキュラ〟というのは、おとうさんの部屋《へや》にはってある映画《えいが》のポスターのことです。

ポスターのなかでは、まっ黒《くろ》のマントをつけたドラキュラが、大《おお》きな牙《きば》を出《だ》し女《おんな》の人《ひと》におそいかかろうとしています。

〝ハンニャ〟というのは、おかあさんの部屋《へや》にかかっている、お面《めん》のことです。大《おお》きな二本《ほん》の角《つの》。耳《みみ》の近《ちか》くまで裂《さ》けた口《くち》。つりあがった目《め》。

あゆむ君《くん》は、そのぶきみな面《めん》が、女《おんな》の人《ひと》の顔《かお》だということが、とてもこわかったのです。

それ以来《いらい》、ドラキュラとハンニャは、家《いえ》のなかで二番《ばん》めにこわいものになりました。（いちばんこわいのは、あんなにこわいポスターやお面《めん》を平気《へいき》で部屋《へや》に置《お》いているおとうさんとおかあさんです）

夜《よる》になると、ドラキュラはポスターからぬけだし、ハンニャはお面《めん》の下《した》から体《からだ》が生《は》えて、家《いえ》のなかを歩《ある》きまわるんだ。

「……」

あゆむ君《くん》はベッドからそっと下《お》りました。いすを使《つか》って、本箱《ほんばこ》の上《うえ》からテディを下《お》ろします。

ベッドのなかに入《い》れると、テディからは、かわいた草《くさ》のにおいがしました。

あゆむ君《くん》は、なんだか安心《あんしん》してねむくなってきました。

――ちっともこわいことなんてないんだ。このまま目《め》をつぶって、こんど開《あ》けたら、もう朝《あさ》になってるんだ。

壁《かべ》にかかっている時計《とけい》が12時《じ》をさしました。そのとき――。

コト……コト……。

だれかが、廊下《ろうか》を歩《ある》いています。

ゾワリと、あゆむ君《くん》の毛《け》がさかだちました。

――こんな時間《じかん》に廊下《ろうか》を歩《ある》いてるものなんて、ドラキュラかハンニャしかいないじゃないか……。

こわくってたまらないくせに、あゆむ君《くん》はドラキュラをみたくなりました。

音《おと》がしないように気《き》をつけて、ドアを開《あ》けようとしたとき、

「ダメ！　開《あ》ける前《まえ》に、電気《でんき》を消《け》して！」

という声《こえ》が、ベッドのほうからしました。

みると、ベッドにこしかけたテディが、あゆむ君《くん》のほうをみています。

あゆむ君《くん》は、テディがしゃべったことよりも、どうして電気《でんき》を消《け》さないといけないのかが、ふしぎでした。

「だって、電気《でんき》を消《け》さないと、開《あ》けたドアのすきまから

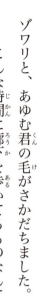

光《ひかり》がもれるだろ」
テディがいいます。
――ああ、そうか……。
あゆむ君《くん》は、なっとくしました。
そして、テディがとてもかしこいので、うれしくなりました。
電気《でんき》を消《け》し、あゆむ君《くん》はドアを細《ほそ》く細《ほそ》く開《あ》けました。
コト……コト……。
足音《あしおと》が近《ちか》づきます。
みていることに気《き》づかれるんじゃないかと、あゆむ君《くん》は心配《しんぱい》でたまりません。
ドックンドックン。
いきおいよく打《う》っている心臓《しんぞう》を、あゆむ君《くん》は手《て》でおさえました。
コト……コト……。

ドラキュラは、あゆむ君《くん》の部屋《へや》の前《まえ》を通《とお》りすぎていきました。

ほっとしたあゆむ君《くん》は、おもわずドアにもたれてしまいました。

キーッ。ドアが、きしみました。それは小《ちい》さな音《おと》でしたが、しずかな家《いえ》じゅうにひびきわたったように思《おも》えました。

とたんに、ドラキュラがふりかえります。

大《おお》きな口《くち》を開《あ》けて、ニヤッと笑《わら》います。とがった牙《きば》がゾロリと出《で》ます。

あゆむ君《くん》とテディはあわててドアを閉《し》め、鍵《かぎ》をかけようとしました。

しかし、それよりも早《はや》く——。

バーン!

ドアをいきおいよく開《あ》けて、ドラキュラが入《はい》ってきました。

「**わーっ!**」

ドラキュラは、あゆむ君《くん》におそいかかろうとします。

つくえの上《うえ》の本《ほん》やノート、まくらを手《て》あたりしだい投《な》げつけますが、ドラキュラはまったく応《こた》えません。

ドラキュラの手《て》があゆむ君《くん》の肩《かた》をつかみました。

無我夢中《むがむちゅう》で、あゆむ君《くん》は手《て》をドラキュラのほうにつきだしました。

「ギエーッ！」

ドラキュラは、高《たか》い悲鳴《ひめい》をのこして部屋《へや》からにげていきました。

「すごいね、あゆむ君《くん》。ドラキュラをおっぱらっちゃった」

テディがいいます。でも、こしのぬけてしまったあゆむ君《くん》は、どうしてドラキュラがとつぜんにげていったのかわかりません。

手《て》をみると、鉛筆《えんぴつ》を二本《ほん》にぎりしめています。

「そうか！　この鉛筆《えんぴつ》がちょうど、十字架《じゅうじか》の形《かたち》になったんだ！」

ドラキュラの弱点《じゃくてん》が十字架《じゅうじか》だということを、前《まえ》におとうさんから教《おし》えてもらっています。

「でも、またドラキュラはくるだろうね」

テディのいうとおりだと、あゆむ君《くん》も思《おも》いました。テディはつづけます。

「大丈夫《だいじょうぶ》だよ。ドラキュラには、ほかにも弱点《じゃくてん》があるんだ。ニンニクのにおいや太陽《たいよう》の光《ひかり》にも弱《よわ》いんだ。とくに、太陽《たいよう》の光《ひかり》をあびると、灰《はい》になって死《し》んじゃうんだ」

あゆむ君《くん》とテディは、台所《だいどころ》へニンニクをとりにいくことにしました。

そっとドアを開《あ》け、廊下《ろうか》をみます。廊下《ろうか》にはだれもいません。

鉛筆《えんぴつ》を持《も》ったあゆむ君《くん》は、つま先立《さきだ》ってゆっくりゆっくり廊下《ろうか》をすすみます。

その背中《せなか》には、テディがしがみついています。

キシ……キシ……。

あゆむ君《くん》が歩《ある》くと、かすかに、廊下《ろうか》のきしむ音《おと》がします。

台所《だいどころ》は、廊下《ろうか》のつきあたりです。

暗闇《くらやみ》にドラキュラがかくれていないか、しんちょうにしんちょうに、廊下《ろうか》をすすみます。

キシ……キシ……。カサ……カサ……。

あゆむ君《くん》とテディは、自分《じぶん》たちの足音《あしおと》に、ほかの足音《あしおと》がまじっているのに気《き》づきました。

背中《せなか》のほうから、のしかかるようにきこえてきます。

「ねぇ、あゆむ君《くん》。この足音《あしおと》、ドラキュラじゃない？」

ふるえる小《ちい》さな声《こえ》で、テディがいいます。

「臆病《おくびょう》だなぁ。ドラキュラの足音《あしおと》は、コト……コト……だったろ。大丈夫《だいじょうぶ》、この足音《あしおと》は、ドラキュラじゃないよ」

これも小《ちい》さな声《こえ》で答《こた》え、あゆむ君《くん》はふりかえりました。

そこには、まっ白《しろ》な着物《きもの》を着《き》たハンニャが、包丁《ほうちょう》を持《も》って立《た》っていました。

「うわぁー!」

さけび声《ごえ》を上《あ》げるあゆむ君《くん》とテディにむかって、ハンニャが包丁《ほうちょう》をふりおろします。

なんとかよけて、そのままあゆむ君《くん》とテディは、応接室《おうせつしつ》にころがりこみ、なかから鍵《かぎ》をかけました。

「ハアー……」

大《おお》きく、肩《かた》で息《いき》をします。

まっ暗《くら》な応接室《おうせつしつ》。ソファーにもたれかかり、あゆむ君《くん》はいいました。

「あぶなかった……。すっかり、ハンニャのことをわすれてたよ」

廊下《ろうか》からは、コト……コト……カサ……カサ……。ドラキュラとハンニャの足音《あしおと》がきこえます。

ふるえながら、あゆむ君《くん》は考《かんが》えます。

――こんなこわい思《おも》いをするのは、ひとりで寝《ね》るようになったからだ。

そして、ふとふしぎに思《おも》いました。

――どうして、おとうさんとおかあさんは、ぼくをひとりで寝《ね》させたんだろう。ひょっとして……。

おそろしい考《かんが》えに、彼《かれ》の心臓《しんぞう》の音《おと》が大《おお》きくなります。

――ドラキュラとハンニャの正体《しょうたい》は、おとうさんとおかあさんなんじゃないだろうか？　ぼくを食《た》べるため、ひとりで寝《ね》させたんじゃ……。

こわくなったあゆむ君《くん》は、テディをだきしめます。

「あれ？」

あゆむ君《くん》は、うでのなかのテディをみます。テディが、ひと回《まわ》り大《おお》きくなったように思《おも》えたからです。

「どうかしたの、あゆむ君《くん》？」

テディにきかれ、あゆむ君《くん》は首《くび》を横《よこ》にふります。

そして、なんでもないって感《かん》じできました。

「テディ……大《おお》きくなってない？」

「ぼくの体《からだ》のなかには、スポンジしか入《はい》ってないんだよ。大《おお》きくなるわけないじゃないか」

ぬいぐるみの表情《ひょうじょう》は、かわりません。でも、あゆむ君《くん》には、テディが笑《わら》ったような気《き》がしました。

こんどは、テディがきいてきます。

「オバケは、どうやって人間《にんげん》を食《た》べると思《おも》う？」

「どうやってって……それは、口《くち》でかぶりついたりして……」

あゆむ君《くん》の答《こた》えに、

「そうじゃないよ。オバケが食《た》べるのはね、人間《にんげん》の〝**恐怖心**《きょうふしん》〟なんだ。こわがればこわがるほど、恐怖心《きょうふしん》は大《おお》きくなる。それをね、食《た》べるんだ」

「……」

あゆむ君《くん》は、なにもいうことができません。口《くち》を開《あ》けようとするのですが、うまくできません。

――どうして、テディは、こんな話《はなし》をするんだ？　それに、もう気《き》のせいじゃない。どんどん、テディは大《おお》きくなっている……。

テディがつづけます。

「そして、恐怖心《きょうふしん》をぜんぶ食《た》べてしまったら、おしまい。**食《た》べられた人間《にんげん》は消《き》えてしまい、オバケは人間《にんげん》にかわるんだ**」

もう、テディは小《ちい》さなぬいぐるみじゃありません。小学校《しょうがっこう》一年生《ねんせい》の男《おとこ》の子《こ》ぐらいに、大《おお》きくなっていきます。

「あ……ああ……」

ようやく言葉《ことば》をしぼりだしたあゆむ君《くん》は、いちばんおそろしいことに気《き》づきました。

こんなにこわいのにこわくないのです。まるで、恐怖心《きょうふしん》を、なにかにすいとられてるかのように……。

「オヤスミ、アユムクン……」

テディの言葉《ことば》が、子守歌《こもりうた》のようにきこえました。

あゆむ君《くん》は、しずかに目《め》をとじます。

「ゆうべは、よくねむれた？」

朝《あさ》ご飯《はん》の席《せき》で、おかあさんがあゆむ君《くん》にききます。

目玉焼《めだまや》きにかぶりついていたあゆむ君《くん》は、

「うん。こわい夢《ゆめ》をみたような気《き》がするけど、よくねむれたよ」

そして、ミソ汁《しる》のおわんを、おかあさんにさしだします。

「おかわりちょうだい。こんどは、どんぶりで——」

どんぶりに入《い》れたミソ汁《しる》をあゆむ君《くん》にわたし、おかあさんは思《おも》いました。

——こんなにたくさん食《た》べるようになるなんて……。一晩《ひとばん》で、たくましくなったわ。やっぱり、ひとりで寝《ね》かせてよかったわね。

おかあさんは、まるでスポンジがすいこむかのようにミソ汁《しる》を飲《の》むあゆむ君《くん》をみて、目《め》を細《ほそ》めました。

身《み》うごきできないとちゅうのお話《はなし》

百匹《ぴき》の笑《わら》い猫《ねこ》たちにぐるりととりかこまれて、わたしとミサキはもうにげる気《き》もおきなかった。

わたしたちは、三階《かい》の家具《かぐ》売り場《ば》から、また一階《かい》の時計広場《とけいひろば》につれもどされていた。

からだじゅう笑《わら》い猫《ねこ》たちにぎゅーぎゅー前足《まえあし》でおさえつけられて、うつぶせになって怪談《かいだん》をきかされている。

「こんなはずじゃなかったのに……」

むこうのほうから、なさけない声《こえ》がきこえてきた。

三池《みいけ》タクトの声《こえ》だった。

あいつ、わたしたちよりもずっと前《まえ》に笑《わら》い猫《ねこ》につかまっていたらしい。

いい気味《きみ》だわ！

同《おな》じ状況《じょうきょう》なのに、こっちのほうが、ましってかんじがした。

どういうわけか、笑《わら》い猫《ねこ》たちがそれほどこわくなくなっていた。

あきらめがついたのかしら。

それとも、さっきの話《はなし》のあゆむ君《くん》みたいに、わたしの恐怖心《きょうふしん》も笑《わら》い猫《ねこ》に食《た》べられちゃったのかしら。

「ずっとこのままここで怪談《かいだん》をきかされるのかな……」

ミサキがくるしそうにつぶやいた。

「これでおしまいにしようと思《おも》っていたが、**そんなにききたいなら、きかせてやろう**」

ミサキの肩《かた》にのっていた笑《わら》い猫《ねこ》が、うれしそうにまるくなった。

「お、おもい……おもくて、なまあたたかい……」

「そうだな、こんなさむい日《ひ》には、雪山《ゆきやま》の怪談《かいだん》をしてあたたまるか」

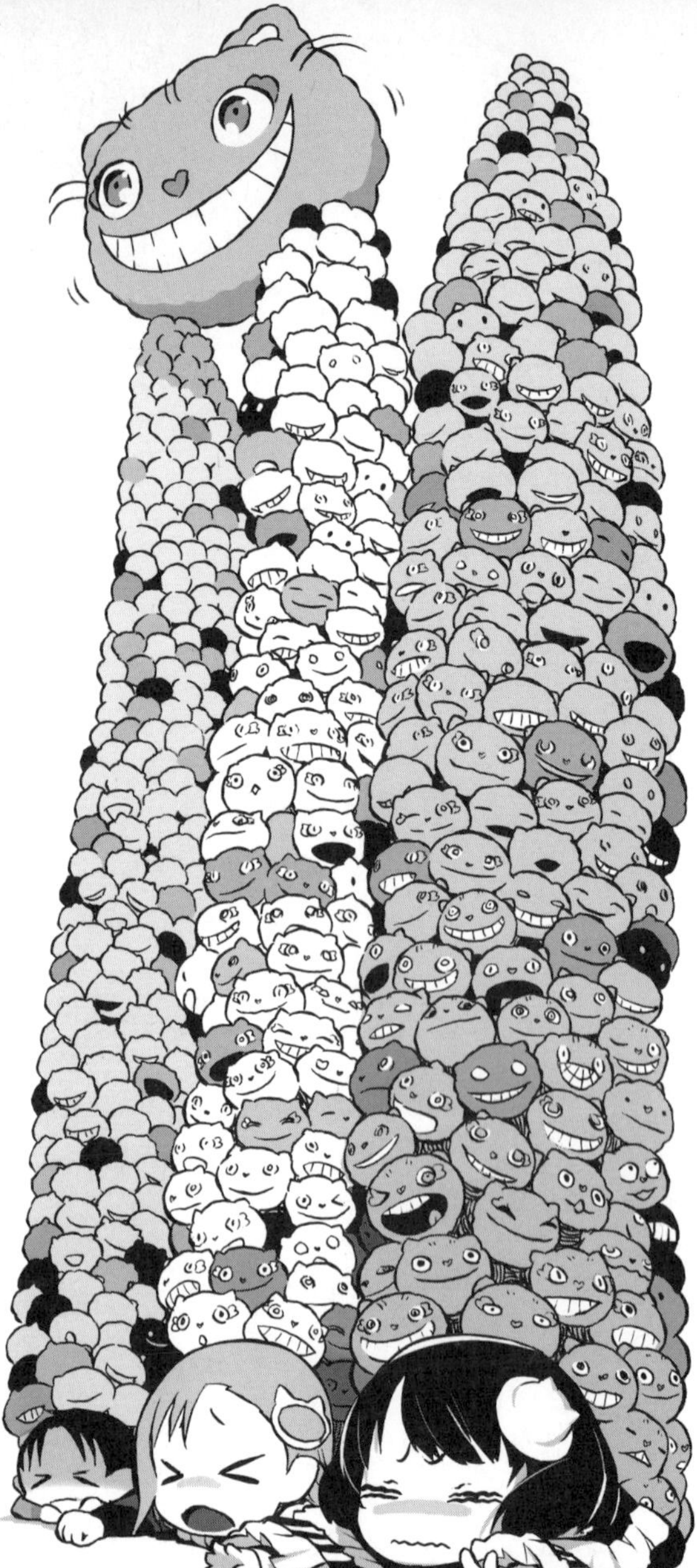

3分《ぷん》間《かん》怪《かい》談《だん》

雪《ゆき》山《やま》

緑《みどり》川《かわ》聖《せい》司《じ》
絵《え》／藤《ふじ》田《た》 香《かおり》

「そろそろロッジにもどろうか」

おとうさんのせりふに、ぼくはうなずいた。

きょうははじめてのスキー旅行《りょこう》。

いままでも、日帰《ひがえ》りで小《ちい》さなスキー場《じょう》に行《い》ったことはあったけど、泊《と》まりがけで、こんな本格的《ほんかくてき》な雪山《ゆきやま》にくるのははじめてだ。

おかげでスキーのうでまえもだいぶん上達《じょうたつ》した。

朝《あさ》はまぶしいくらいに晴《は》れていた空《そら》も、だんだん雲《くも》がふえ、少《すこ》し前《まえ》から雪《ゆき》がチラホラふりはじめている。

ぼくはおとうさんのあとについて、ゆっくりとすべりだした。

だけど、雪《ゆき》はどんどんひどくなって、あっという間《ま》におとうさんの背中《せなか》が遠《とお》ざかっていく。

あわてたぼくは、スピードを上《あ》げようとしてバランスをくずし、そのまま雪《ゆき》だまりにつっこんだ。

ようやく起《お》きあがったときには、おとうさんのすがたは完全《かんぜん》にみえなくなっていた。

「おとうさーん」

いくら大《おお》きな声《こえ》をだしても、風《かぜ》にかきけされ、雪《ゆき》にすいこまれていく。

どうしよう――ぼくが泣《な》きそうになっていると、

「どうしたの?」

すぐそばで声《こえ》がした。ふりかえると、ぼくと同《おな》い年《どし》ぐらいの男《おとこ》の子《こ》が目《め》の前《まえ》に立《た》っていた。

この山《やま》のなか、着物《きもの》にはんてんをはおって、足《あし》にはわらであんだ長《なが》ぐつのようなものをはいている。

「おとうさんとはぐれちゃったんだ」

「だったら、ぼくについておいでよ」

男《おとこ》の子《こ》はそういって、スタスタと歩《ある》きだした。ぼくはスキー板《いた》を足《あし》からはずすと、その場《ば》に置《お》いた。そして、ストックを杖《つえ》がわりにして、男《おとこ》の子《こ》のあとを必死《ひっし》で追《お》いかけた。

どれだけ歩《ある》いたのだろう。

やがて、雪《ゆき》のむこうに小屋《こや》の明《あ》かりがみえてきた。

「ここまでくれば、もう大丈夫《だいじょうぶ》」

男《おとこ》の子《こ》はふりかえって、にっこり笑《わら》った。ずいぶん歩《ある》いたはずなのに、息《いき》も切《き》れてない。

「あり……が……とう……」

ぼくはストックで体《からだ》をささえながらお礼《れい》をいった。

「気《き》にしなくていいよ。ただ……」

男《おとこ》の子《こ》は、ぼくにグッと顔《かお》を近《ちか》づけると、別人《べつじん》のようなひくい声《こえ》でいった。

「**ぼくと会《あ》ったことは、だれにも話《はな》してはいけないよ**」

ぼくは深《ふか》く考《かんが》えずにうなずいた。さむさとつかれで、頭《あたま》が働《はたら》いていなかった。小屋《こや》の戸《と》に手《て》をかけると、ぼくはそのままたおれこむようにして気《き》をうしなった。


つぎに気《き》がついたときには、あたたかい部屋《へや》でベッドに寝《ね》かされていた。

おとうさんとおかあさんが、ぼくの顔《かお》をのぞきこんでいる。

「よかった……」

おかあさんが泣《な》いている。

「もう大丈夫《だいじょうぶ》だぞ」

おとうさんの大《おお》きな手《て》が、ぼくの頭《あたま》をやさしくつつみこんだ。

「それにしても、よく道《みち》がわかったな。どうやってもどってきたんだ」

「男《おとこ》の子《こ》がたすけてくれたんだ」

ぼくがそういうと、おとうさんはにっこり笑《わら》っていった。

「それは、こんな子《こ》だったかい？」

おとうさんの顔《かお》が、さっきの男《おとこ》の子《こ》の顔《かお》になった。

同時《どうじ》に、あたたかい部屋《へや》もベッドも消《き》えてなくなり、ぼくははげしい吹雪《ふぶき》のなか、冷《つめ》たい雪《ゆき》にうもれていた。

「だから、話《はな》してはいけないといったのに」

男《おとこ》の子《こ》はざんねんそうに首《くび》をふると、そのままスッとすがたを消《け》した。

またたび台《だい》ニュータウンのうわさ ④

入院《にゅういん》しているはずの担任《たんにん》の先生《せんせい》が、
遠足《えんそく》の集合写真《しゅうごうしゃしん》にうつっていた。
あとできいてみると、先生《せんせい》はちょうどそのころ、
みんなと遠足《えんそく》に行《い》っている夢《ゆめ》をみていたそうだ。

作《さく》／緑川聖司《みどりかわせいじ》　絵《え》／もけお

5分《ふん》間《かん》怪《かい》談《だん》

そんなにこわくないよ！失恋《しつれん》妖怪《ようかい》ユーレミ

令丈《れいじょう》ヒロ子《こ》
絵《え》／okama《オカマ》

「杏《あん》ったらさあ、はずかしいよねー。みんなの前《まえ》でふられるなんてさ」

「うん、調子《ちょうし》に乗《の》って、大失敗《だいしっぱい》って感《かん》じ……」

昼休《ひるやす》み。教室《きょうしつ》のすみから、だれかのひそひそ話《ばなし》がきこえる。

わたし、越谷杏《こしがやあん》は必死《ひっし》で気配《けはい》を消《け》して、そーっと教室《きょうしつ》から出《で》た。

(あー、どうしてあんなはずかしいことしちゃったんだろう)

あの日《ひ》、放課後《ほうかご》のろうかで、児童会長《じどうかいちょう》の唐沢先輩《からさわせんぱい》の話《はなし》が、すごくもりあがっていた。

「唐沢先輩《からさわせんぱい》ってカッコいいよね！」

「六年生《ねんせい》でいちばんイケメンだよー」

みんなが口々《くちぐち》にそういうので、わたしもノリノリになって思《おも》わずいった。

「ああ、唐沢先輩《からさわせんぱい》がわたしのカレシだったらいいのになー」

そしたら、まさかのタイミングで階段《かいだん》を下《お》りてきた唐沢先輩《からさわせんぱい》が、いきなり目《め》の前《まえ》にあらわれたのだ！

「ぼくの名前《なまえ》がきこえたけど？　ひょっとして悪口《わるぐち》だったら、こまっちゃうな」

にこにこ笑《わら》いながらそういう先輩《せんぱい》

に、みんなが、わあっとはしゃいだ声《こえ》になった。

「悪口《わるぐち》なんかじゃありません！　先輩《せんぱい》のこと大好《だいす》きな子《こ》がいて、すっごくもりあがってたんです。ね、杏《あん》！」

「杏《あん》！　いまの話《はなし》、いっちゃったら？」

みんなにつつかれて、わたしはかあっとなって、まいあがっていってしまった。

「そ、そうなんです。先輩《せんぱい》がわたしのカレシだったらいいなっていってましたあ！」

すると、先輩《せんぱい》はううーんと首《くび》をかたむけた。

「それはありがとう。でもごめんね。ぼく、カノジョいるから」

があーん。

あこがれの先輩《せんぱい》のカノジョになれるとは本気《ほんき》で思《おも》ってなかったし、その場《ば》のいきおいでいったけど。でも瞬殺《しゅんさつ》なんて、ひどい！　それにカノジョがいるなんて知《し》らなかったし！

お調子者《ちょうしもの》の四年生女子《ねんせいじょし》、越谷杏《こしがやあん》が、身《み》のほど知《し》らずな告白《こくはく》をして、その場《ば》でふられたといううわさは、すぐにひろまった。

あの日《ひ》から、だれも話《はな》しかけてこない。いちばん仲良《なかよ》しの美紅《みく》ですら、気《き》まずそうに目《め》をそらすぐらいだ。

昼休《ひるやす》みを、どうやってひとりですごそうかと思《おも》いながら、廊下《ろうか》を歩《ある》いていると。

「越谷《こしがや》さん！」

声《こえ》がかかってふりむくと、小谷《こたに》りおがいた。

「小谷《こたに》さん？」

小谷《こたに》さんとは同《おな》じクラスとはいえ、そんなに親《した》しく話《はな》したことがない。

「これ、あげる」

小谷《こたに》さんは四角《しかく》い紙《かみ》をさしだした。

「つらくてたまらなかったら、ユーレミを呼《よ》ぶといいよ。わたしも助《たす》けてもらったから」

それだけいうと、教室《きょうしつ》にもどっていった。

(なんだろ？　名刺《めいし》？)

「失恋女子《しつれんじょし》の味方《みかた》・妖怪《ようかい》ユーレミ　『胸《むね》が痛《いた》い、助《たす》けて』といえばいつでもかけつけます！」

手《て》をハート形《がた》にしている、かわいい女《おんな》の子《こ》の絵《え》といっしょに、そう書《か》いてあった。

(ええっ?!　よ、妖怪《ようかい》っ？　失恋女子《しつれんじょし》の味方《みかた》って、どういうこと?!)

その日《ひ》、家《いえ》に帰《かえ》るとすぐに自分《じぶん》の部屋《へや》にかけこんで、名刺《めいし》をとりだした。

ユーレミのことが気《き》になって、ぜんぜん午後《ごご》の授業《じゅぎょう》が頭《あたま》に入《はい》らなかった。

(ちょっとこわいけど、小谷《こたに》さんも助《たす》けてもらったんだったら安心《あんしん》かも)

わたしは、名刺《めいし》をにぎったまままさけんだ。

「ずっと胸《むね》が痛《いた》いの！　助《たす》けて！」

すると、かぎがかかっているはずの窓《まど》がすいっと開《あ》いたかと思《おも》うと、ピンク色《いろ》に光《ひか》るかたまりがぽーんと部屋《へや》にとびこんできた。

そのかたまりは、みるみる十三才《さい》ぐらいの女《おんな》の子《こ》の形《かたち》になった。金髪《きんぱつ》のツインテール、はでなピンクのシャツに、ショートパンツ。

「呼《よ》んでくれてありがとう！　あたし、ユーレミ！　失恋《しつれん》した女《おんな》の子《こ》の胸《むね》の痛《いた》みをとってあげる、いい妖怪《ようかい》だよ！」

ユーレミは明《あか》るい笑顔《えがお》で自己紹介《じこしょうかい》した。

「本当《ほんとう》に胸《むね》の痛《いた》いのが消《き》えるの？」

「本当《ほんとう》だよ。ちょっとハートをみせて」

ユーレミは、じいっとわたしの胸《むね》のあたりをみつめた。

「杏《あん》ちゃん、失恋《しつれん》がずいぶんショックだったんだね！　めっちゃハートがにごってるよ。そんなにひどいふられ方《かた》だったの？」

「そうなの！　調子《ちょうし》に乗《の》っておおぜいのみてる前《まえ》で告白《こくはく》しちゃったから、学校《がっこう》じゅうでふられたのがうわさになって。友《とも》だちとも気《き》まずくなってるし」

「ふんふん。にごりの入《はい》ったハートは、まったり甘《あま》くて、いいんだよね！　うーん、すっごくおいしそうー！」

「おいしそうって、ユーレミ、ま、まさかハートを食《た》べる気《き》なの？」

「そうだよ。あ、心配《しんぱい》しないで！　恋《こい》するハートをとってもぜんぜんつらくないし、胸《むね》の痛《いた》みも唐沢先輩《からさわせんぱい》にあこがれてた気持《きも》ちごと消《き》えてなくなるから、スッキリだよ！」

「……それ、いいかもね。もう先輩《せんぱい》を好《す》きだったこともわすれたいし……」

先輩《せんぱい》とのことを気《き》にしない、明《あか》るいわたしにもどったら、またみんなとも、楽《たの》しく話《はな》せるようになるかもしれない。

「よーし、じゃ、すぐにハートをとろうか！」

ユーレミがにこおっと笑《わら》ったときだった。ケータイが鳴《な》った。美紅《みく》からのメールだ！

——あのとき、杏《あん》にむりに告白《こくはく》させる感《かん》じになったの、ごめんね！　みんなも悪《わる》かったっていってる。あやまりたかったけど、なかなかいえなくて、ほんとにごめん。早《はや》く元気出《げんきだ》して。またいっしょにもりあがりたい！　美紅《みく》

（美紅《みく》！　みんな！　そんなふうに思《おも》ってくれてたんだ！）

メールを読《よ》んだとたんに、胸《むね》がじいんとあったかくなって、暗《くら》くよどんでいた気持《きも》ちが、すっきり晴《は》れた気《き》がした。

「ユーレミ、あのさ……、きゃっ！」

ケータイから顔《かお》をあげたら、ユーレミがすごいことになっていた。

くりくりとした丸《まる》い目《め》はそのままだが、口《くち》は横《よこ》に深《ふか》くさけ、長《なが》くのびたしまもようの舌《した》が、へびみたいにぐねぐねとおどっていた。

「おなかすいたよー！　早《はや》くハートを食《た》べさせてよー！」

たれたよだれが濃《こ》いピンクに光《ひか》って、ユーレミのおしゃれなシャツにだらっと流《なが》れおちた。

「ごめ、ごめんユーレミ。ごめん」

がたがたと、ふるえが足《あし》もとから体《からだ》をはいのぼってきた。

「友《とも》だちのメール読《よ》んだら、なんか元気《げんき》になっちゃったから……もういいよ」

あとずさりしながら、必死《ひっし》でいった。するとユーレミは、牙《きば》のようにするど

くとがった爪《つめ》でわたしの胸《むね》を指《ゆび》さした。

「ああっ。杏《あん》ちゃんのハートのにごりが消《き》えちゃった！　ほんとに元気《げんき》になったんだね！」

「そ、そうなんだよ！　もう痛《いた》くないし、苦《くる》しくもないから、ハートはとらなくてもいいよ」

「なーんだ。おしかったなー」

そうつぶやくと、すうっと、もとのかわいいユーレミのすがたにもどった。

「じゃあさ、また失恋《しつれん》してつらくなったら、呼《よ》んでよ！　そうだ！　あたらしい名刺《めいし》作《つく》ったんだ」

ユーレミはピンク色《いろ》の名刺《めいし》を二枚《まい》くれた。

「失恋女子《しつれんじょし》の味方《みかた》・妖怪《ようかい》ユーレミ　『胸《むね》が痛《いた》い、助《たす》けて』といえばいつでもかけつけます！」

という文《ぶん》に「そんなにこわくないよ！　いい妖怪《ようかい》です」とつけ加《くわ》えてあった。

「ほかに失恋《しつれん》した女《おんな》の子《こ》がいたら、これあげてね！　傷《きず》ついたハートをとったら、ほんとのほんとにスッキリするしね！　またね！」

ユーレミはピンクのかたまりになって、ぽーんとボールがはねるように、いきおいよく窓《まど》の外《そと》に飛《と》んでいった。

「行《い》っちゃった……」

（こわかったけど、もうちょっとユーレミと話《はな》したかったかも。また失恋《しつれん》したら……だれかにはげまされてもなおらないようなキツい失恋《しつれん》だったら、ユーレミをまた呼《よ》ぼうかな）

わたしはひとりうなずいて、ピンク色《いろ》の名刺《めいし》をノートのあいだにはさんだ。

さいごのお話《はなし》

とつぜん、広場《ひろば》の時計塔《とけいとう》の鐘《かね》が鳴《な》った。

キンコンカンコン、キンコンカンコン……

夜《よる》の8時《じ》だ。

ショッピングモールKOTATSU《コタツ》の閉店《へいてん》をつげる、「ほたるの光《ひかり》」のメロディがながれだす。

ふっとからだがかるくなった。

あれ？

笑《わら》い猫《ねこ》たちは？

「きみたち、そんなとこで寝《ね》てちゃいけないよ。もう閉店《へいてん》だよ」

若《わか》い警備員《けいびいん》さんがしゃがみこんで、わたしたちの顔《かお》をのぞきこむ。

あわてて立《た》ちあがり、あたりを見《み》まわした。

たくさんの買《か》いものの客《きゃく》が、いくつもある出口《でぐち》にむかっていく。

いつのまにか、いつものショッピングモールにもどっていた。

笑《わら》い猫《ねこ》たちのすがたはどこにもなかった。

ただ、ふわふわとした毛玉《けだま》が、そこかしこに舞《ま》っているだけだった。

「たすかったあ……」

三池《みいけ》タクトが、はあーと大《おお》きな息《いき》をはいた。

「今回《こんかい》も生《い》きのびた！　よかったー！　さあ、かえろかえろ。ミサキちゃん、ぼくのケーキは？」

「そんなのあるわけないじゃん」

ミサキがあきれたようにこたえて、からだじゅうについた笑《わら》い猫《ねこ》の毛《け》をはらいおとす。

「あなたねえ……」

タクトの考《かんが》えなしの言葉《ことば》に、わたしはカチンときた。

「ふざけんじゃないわよ！　わたしたちをおとりにして、自分《じぶん》だけにげたわね‼」

わたしのどなり声《ごえ》に、歩《ある》いていた人《ひと》たちがふりむく。

タクトはびくっと肩《かた》をすくめた。

「いやっ、その……きみらをたすけようと…」

「そんなウソ、わたしに通用《つうよう》するわけないでしょ！」

三池《みいけ》タクトががばっと土下座《どげざ》をはじめた。

「すまん、黒井《くろい》！」

「わたしだけじゃなくて、鈴村《すずむら》ミサキにもあやまるの！」

「**すまん、ミサキちゃん！**」

タクトはミサキのほうをむいて、両手《りょうて》をあわせて何度《なんど》も頭《あたま》をぺこぺこさせる。

「いいよ、もう」

ミサキが苦笑《にがわら》いして、タクトを立《た》たせた。

「でも、ケーキは笑《わら》い猫《ねこ》に食《た》べられちゃったよ」

「**うそお！**」

タクトはまっ青《さお》になって頭《あたま》をかかえた。

「うう、おかあさんにぜったい怒《おこ》られる！　買《か》いなおすしかない！　だけど四十円《えん》しかないよ。きょうのクリスマスパーティーはケーキなしか……」

肩《かた》をおとすタクトを、ミサキがなぐさめる。

「しょうがないよ、あたしもいっしょに怒《おこ》られるよ……」

ふたりのしょんぼりとしたすがたに、わたしはなんだかかわいそうになって、
バッグの底《そこ》からお守《まも》りをとりだした。

いざというときのために親《おや》からもらった五千円札《えんさつ》が入《はい》っていた。

「**ほら!**」

「「へ?」」

「いいからもっていきなさい、**ほら!**」

「うそ、くれるの?」

タクトがぱっと顔《かお》をかがやかせる。

「そんなはずないでしょ! 貸《か》すだけよ! ちゃんとお年玉《としだま》でかえしなさい

よ！」

三池《みいけ》タクトのケーキを笑《わら》い猫《ねこ》に食《く》わせたのは、まったく悪《わる》いと思《おも》ってないけど、このくらいはしてあげてもいいわ。

「サンキュー！　じゃあ、さき帰《かえ》ってて！　ぼくもう一度《いちど》買《か》いなおしてくるよ。早《はや》く行《い》かなきゃ、お店《みせ》しまっちゃう！」


時計広場《とけいひろば》から正面玄関《しょうめんげんかん》をぬけて外《そと》にでた。

冷《つめ》たい風《かぜ》に、はく息《いき》が白《しろ》くなる。

ミサキはマフラーをきゅっとむすびなおした。

「うわあ、さむいね」

そういいながらも、ミサキの顔《かお》はなんだかうれしそうだった。

「さっきはありがとう。タクトにお金《かね》を貸《か》してくれて」

「べつに。たいしたことないわ、あんなの」

わたしが横《よこ》をむいてぼそっというと、くすりとミサキが笑《わら》った。

「アリサちゃんって、やさしいよね。英会話教室《えいかいわきょうしつ》でもあたしのことたすけてくれたもん」

そんなことあったっけ？

「先生《せんせい》にさされてこたえられずにいたら、こっそり教《おし》えてくれたじゃない」

ああ…あれね。

こたえられないのがわかってるくせに、あの先生《せんせい》、しつこく鈴村《すずむら》ミサキをあてるんだもの。

でもずっと前《まえ》のことだからわすれてた。おぼえててくれたんだ。

「消《け》しゴムは買《か》わなくてよかったの？」

「いいよ、もう。お正月《しょうがつ》にあげて、年賀状《ねんがじょう》に使《つか》ってもらおう」

バカね。まにあわないでしょ、それじゃあ。

「ねえ、消《け》しゴムはんこ、だれにあげるつもりだったの？」

ずっと気《き》になっていたことをきいてみた。

「歯医者《はいしゃ》の栗林先生《くりばやしせんせい》だよ。すっごくかっこいいの」

「なんだ、小山田《おやまだ》さんじゃなかったの」

「ちがうよー。ていうか、あの人《ひと》あたしのこときらってると思《おも》う」

「え！　なんで？」

「だってちょうどきょう、へんな手紙《てがみ》くれたんだよ。ありえないって！」

ミサキはポケットから、くしゃくしゃになった紙切《かみき》れをとりだした。

小山田《おやまだ》さんからの手紙《てがみ》だった。

きみがいなくなってはじめて木がついた。

おれがきみに変してるってことを。

こんな木待ちになるなんて……フッ……てれるな。

きみはおれのブリティ・ガール。

変人にしてやるぜ。

そしたらいつまでもまもってあげる、ファーエバー。


「これ、不幸《ふこう》の手紙《てがみ》じゃないかな。変人《へんじん》にしてやるって、こわいよ」

『木《き》』がついた……『気《き》』がついた……、『木待《きま》ち』は『気持《きも》ち』か……。

『ブリティ』？ プリティ・ガールのこと？

「『変人《へんじん》』って『恋人《こいびと》』のことじゃないの？ 『変《へん》してる』も『恋《こい》してる』だよ。

これ、ラブレターだってば」

わたしがいうと、鈴村《すずむら》ミサキが手紙《てがみ》に目《め》を落《お》とす。

いっしゅんの沈黙《ちんもく》。

「じゃあ、このファーエバーってもしかして……」

「フォーエバーのことでしょ」

「だよね！」

とたんにわたしたちは、プハッとふきだした。

ミサキが涙《なみだ》をにじませて笑《わら》いながら、

「**ファーエバーって！　変人《へんじん》って！**」

と、くるしそうにさけんでいる。

「**木待《きま》ちって！　ブリティ・ガールって！**」

わたしも身《み》をよじって笑《わら》いころげた。

「小山田《おやまだ》さん、あたしより英語《えいご》できないよ、中《ちゅう》一なのに！」

「ていうか漢字《かんじ》まちがえすぎよ！　そっちのほうが問題《もんだい》だわ！」

なんでこんな人好《ひとす》きだったのかしら。

すごいかんちがい。

あんなかっこいいのに、まさかこんなに勉強《べんきょう》できなかったなんて……！

ひとしきり笑《わら》ったあと、ふいにほおに冷《つめ》たいものがふれた。

雪《ゆき》だった。

この冬《ふゆ》、はじめての雪《ゆき》だ。

「わあい雪《ゆき》だ！　クリスマスに雪《ゆき》なんて、はじめて。これがホワイト・クリスマスってやつだね」

ミサキが涙《なみだ》をふきながら、まだ笑《わら》っている。

わたしたちはクリスマスツリーの前《まえ》までやってきた。

イルミネーションが、雪《ゆき》のなかできらきらとまたたいている。

「うち、こっちだから」

わたしがゆびさすと、ミサキはちょっぴりざんねんそうな顔《かお》をした。

「きょうはありがとう、アリサちゃん」

「じゃあね」

わたしは手《て》をあげてゆっくりと歩《ある》きだした。

プレゼントをもった買《か》いもの客《きゃく》たちが、いそぎ足《あし》でおいこしていく。

きっとあたたかいわが家《や》で家族《かぞく》がまっているんだろう。

なにかいいわすれた気《き》がして、わたしはふりむいた。

ミサキがコートのポケットに手《て》をつっこんだまま、クリスマスツリーを見《み》あげている。

「ねえ、鈴村《すずむら》ミサキ！」

わたしは、両手《りょうて》をほおにあてて大声《おおごえ》で呼《よ》んだ。

ミサキがこちらをみる。

「消《け》しゴムはんこ部《ぶ》っておもしろい!?」


笑《わら》い猫《ねこ》のお話《はなし》は、すべて「作《さく》／那須田《なすだ》淳《じゅん》　絵《え》／okama《オカマ》」だよ！

⑤巻《かん》予《よ》告《こく》

家出《いえで》した飼《か》い犬《いぬ》**ぐるり**を**捜《そう》索《さく》中《ちゅう》**の、

タクトと**アミ**と**ミサキ**。

そこらじゅう、さがしてさがして、たどりついたのは、

大人気《だいにんき》の遊園地《ゆうえんち》**29Q**《にくきゅう》**ハイランド！**

なかに入《はい》ってはみたものの、**やっぱりいない**…。

おこったタクトが空《あ》き缶《かん》をけとばすと、池《いけ》に**ぽちゃん！**

すると、池《いけ》から**ザパーっ**と、

犬《いぬ》のぐるりをかかえたアイツがとびだしてきた!!

「きみが落《お》としたのは、銀《ぎん》の空《あ》き缶《かん》か？　金《きん》の猫缶《ねこかん》か？

ちなみにこの犬《いぬ》はおれのペットで食糧《しょくりょう》だ」

犬《いぬ》を散歩《さんぽ》させる笑《わら》い猫《ねこ》が語《かた》る「ヤバイ学園《がくえん》」「願《ねが》いがかなう狐狗狸《こっくり》さん」など、**ゾゾ〜ッ**とするけど**ワハハ**となっちゃう

怪談《かいだん》いっぱいの第《だい》5巻《かん》

2016年《ねん》
3/11(金《きん》)
発売予定《はつばいよてい》！

笑《わら》い猫《ねこ》の5分間怪談《ふんかんかいだん》⑤
恐怖《きょうふ》の肉球遊園地《にくきゅうゆうえんち》（仮）

責任編集・作／那須田 淳
カバー絵／ okama
作／藤木 稟　緑川聖司　柏葉幸子
宮下恵茉　雪乃紗衣

アイデアお便《たよ》り募《ぼ》集《しゅう》中《ちゅう》

④巻《かん》で採用《さいよう》されたアイデアは…

PN《ペンネーム》ななちゃんの「猫背山《ねこぜやま》」（P5）とPN《ペンネーム》ワサビの「猫《ねこ》じゃらし公園《こうえん》」（P47）を「笑《わら》い猫出没《ねこしゅつぼつ》スポット」として採用《さいよう》したぞ。ありがとう！　今回採用《こんかいさいよう》されなくても、ほかの巻《かん》で採用《さいよう》されることもあるから、まってろよ。そして、もっとおもしろい名前《なまえ》やうわさをあきらめずにおくってこい。まだまだ募集《ぼしゅう》してるぞ！

1 笑《わら》い猫出没《ねこしゅつぼつ》スポットの名前《なまえ》を大募集《だいぼしゅう》！

笑《わら》い猫《ねこ》は、“猫《ねこ》にまつわる名前《なまえ》の場所《ばしょ》”に出《で》ます！
たとえば「猫目池《ねこめいけ》」や「猫鳴《ねこなき》トンネル」や「ねずみ坂《ざか》」などなど…。
そんな笑《わら》い猫《ねこ》ができそうなスポットの名前《なまえ》を考《かんが》えて、
本《ほん》の感想《かんそう》とともに編集部《へんしゅうぶ》におくってみませんか？

2 ねこなめ町《ちょう》のうわさを大募集《だいぼしゅう》！

あなたのまわりにあるうわさや、あなたが考《かんが》えたうわさを
「ねこなめ町《ちょう》のうわさ」として、本《ほん》のなかで紹介《しょうかい》しちゃうかも！
ちょっぴりふしぎで、ちょっぴりこわい???
そんなうわさも編集部《へんしゅうぶ》におくってくださいね！

あてさき

〒102-8584　東京都千代田区富士見1-8-19
アスキー・メディアワークス　第6編集部
笑い猫 大ぼしゅう係

※①お名前《なまえ》②ペンネーム③性別《せいべつ》④ご住所《じゅうしょ》⑤学年《がくねん》⑥お電話番号《でんわばんごう》も書《か》いてね！

笑《わら》い猫《ねこ》と編集部一同《へんしゅうぶいちどう》、みなさんからのおたよりまってまーす！

笑《わら》い猫《ねこ》の5分間《ふんかん》怪談《かいだん》

④真冬《まふゆ》の失恋怪談《しつれんかいだん》

2015年12月11日　初版発行

責任編集・作……那須田 淳
カバー絵……okama
作……緑川聖司　藤木 稟　柏葉幸子　松原秀行
宮下恵茉　はやみねかおる　令丈ヒロ子

発行者……塚田正晃

発行……株式会社 KADOKAWA
〒102-8177　東京都千代田区富士見 2-13-3

プロデュース……アスキー・メディアワークス
〒102-8584　東京都千代田区富士見 1-8-19
電話 0570-064008（編集）
電話 03-3238-1854（営業）

印刷・製本……大日本印刷株式会社

ISBN978-4-04-869371-4 C8293

笑い猫の５分間怪談ホームページ　http://waraineko.jp/
小社ホームページ　http://www.kadokawa.co.jp/
アスキー・メディアワークスの単行本　http://amwbooks.asciimw.jp/

デザイン　みぞぐちまいこ（cob design）
編集　田島美絵子（第６編集部書籍編集部）
編集協力　工藤裕一　黒津正貴　山口真歩（第６編集部書籍編集部）